카오스,
치즈,
턱시도

카오스, 치즈, 턱시도

이필원 연작소설

차례

프롤로그	7
달과 계수나무	17
신의 정원	77
고양이를 위한 클래식	115
에필로그	153
작가의 말	162

프롤로그

 만고의 진리. 아홉 번째 태어나 살아가는 고양이는 모르는 게 없다. 앞을 딛고 어디든 갈 수 있으며 사뿐한 걸음으로 시공간을 훌쩍 뛰어넘는다. 그럴 때의 고양이는 대체로 꼬리를 높이 세우고 있다. 영원하지 않은 것들이 모여 사는 이쪽과 시작과 끝이 같은 선상에 있는 저쪽을 넘나들거나, 그 경계에 네 발을 걸치고 앉아 있는 순간은 고양이의 시간 대부분을 차지한다.
 골목에서, 주택가에서, 공원의 진달래꽃 화단에서, 학교를 둘러싼 담벼락 위에서, 놀이터의 미끄럼틀 아래에서 그리고 그 밖의 모든 곳에서, 변하거나 변하지 않는 마음을 목격한 고양이는 어느 날 갑자기 묻곤 한다.
 "어땠어?"
 바람 같은 그 질문은 스스로에게 던지는 것이기도, 아니기도 하다. 그들의 언어를 알아들을 수 있는 모든 이에게 던지는 물음이어서 누구든 대답해도 좋을 말이자, 무한한 시간과 끝없는 공간을 생각하다가 벅차올라 전력 질주 한 적 있는 고양이라면 꼬리를 잡힌 듯 돌아볼 물음이기도 했다. 고양이가 하는 모든 말은 귀담아들을 필요가 있고, 오늘 밤 카오스가 던진 질문은 중요했다.

얼핏 듣기에는 단지 꾸릉, 하는 소리였지만 어디까지나 감각이 둔한 사람의 가청 범위 내에서 들리는 소리일 뿐이고 같이 있는 고양이들은 마음이 동하여 일제히 귀를 쫑긋했다.

"으응?"

치즈가 고개를 갸웃했다. 그리고 난생처음으로 혀끝에서 어떤 맛을 느끼곤 앞발로 주둥이를 닦아 냈다.

"이게 뭐야?"

"단맛."

카오스가 대답했다.

단맛. 달다. 달콤하다. 감칠맛이 돌며 더 살고 싶어진다. 떠나야 하는 고양이는 새로운 감각을 얻고 먼 길을 가는 모양이지, 치즈는 조용히 깨달았다. 아홉 번 살아 낸 끝에 얻은 감각이었다.

난데없이 단맛을 알게 해 준 카오스의 질문에 치즈는 어떤 대답을 하면 좋을지 몰랐다. 딴청을 피우는 치즈에게 그럴 줄 알았다는 눈빛으로 카오스가 다시 물었다.

"자꾸 살아 보니 어땠어?"

바로 그 순간 치즈의 머릿속은 그가 살아온 묘생을 일일이 거슬러 올라가느라 분주해진다. 눈을 깜빡이지 않으면서 전생을 하나하나 굽어보기 시작했다. 좋았던 삶과, 좋았다고 말하기 어려운 삶, 조금의 거짓 없이 험난한 삶을 골고루 지나왔다. 대체로 애매모호하게 살아오며 치즈는 아흔아홉 번 이상 다쳤다. 지금도 생생한 기억의 무게에 짓눌리는 느낌을 받은 치즈는 몸을 한껏 웅크려 앉았다.

누군가 함부로 던진 돌멩이에 맞은 날. 고소한 냄새가 나는 고깃덩이로 꾀어내서는 갑자기 꼬리를 움켜잡고 허공에서 빙글빙글 돌리던 커다란 손. 어디로도 가지 못하게 작은 상자에 가두고는 불을 지르고 지켜보던 인간의 날카로운 웃음소리. 그러게 왜 길에서 시끄럽게 우느냐고 우는 소리 때문에 잠을 못 잔다고 호통을 치던 목소리와 욕설. 사랑이 떠났어, 젠장 돈을 잃었어, 미친 깜짝이야 기분 나쁘네 너 이리와 봐, 하면서 아무렇게나 손찌검하던 인간, 인간, 인간들.

길 위에서 사는 고양이라면 피할 수 없는 폭력 앞에 매사 침착함을 유지하는 건 어려운 일이고, 치즈 역시 마찬가지였다.

하지만, 하고 치즈는 생각했다. 그래도 괜찮았지. 다시 살겠느냐고 묻는다면 다시 살고 싶을 만큼. 생각이 갈라진 틈마다 오래 들여다보느라 대답이 늦어지는 치즈에게 카오스와 턱시도의 눈길이 부드럽게 닿았다.

치즈의 눈에서 자신이 지나온 과거와 비슷한 고통을 읽어 낸 턱시도는 가만두고 볼 수 없었다. 이럴 때는 치즈의 뺨에 그의 뺨을 맞대어 문지르거나 말을 걸어 줘야 한다.
"무슨 생각 해?"
턱시도가 너그러운 투로 묻자 치즈는 말없이 턱시도의 두 눈을 올려다보며 생각했다. 입맛을 다신 치즈는 츄르, 하고 애써 좋은 기억을 떠올렸다. 그 노력이 즉시 턱시도에게 전해졌다.
"츄르."
턱시도가 노래하듯 말했다. 그러고는 그와 얽힌 축축하지만 보드라운 기억을 떠올렸다.
차디찬 보도블록이나 맨홀 뚜껑 위에서, 화단에 숨어서 울기를 거듭하던 어느 날. 우는 입가에 조심히 와 닿던 짜 먹는 간식의 냄새. 투명한 물그릇과 나란히 놓인 밥그릇. 그 위에 연어 혹은 고등어, 닭가슴살, 참치, 초록홍합 등이 들어간 촉촉한 사료와 가다랑어포. 포근한 담요에 감싸 안고는 여러 동물들이 울거나 노래하는 병원으로 데려가던 손길. 어머 여기 고양이가 빠졌네, 어디서 울음소리가 들린다 했더니…… 하는 호들갑과 함께 배수관에 빠진 저를 발견하고 오래도록 곁을 떠나지 못하다가 기어이 구해 준 따뜻한 두 손. 점찍고 쫓아간 끝에 제집을 내준 어리숙하고 다정한 마음. 길에서 눈이 마주치자 쫑쫑, 혀를 차며 동글동글한 사료를 잔뜩 부어 주고 사라지던 인간, 인간, 인간들…….

좋은 기억은 오래 간직하고, 나쁜 기억은 볼일 본 후 모래 덮듯이 정리하는 데 익숙해진 턱시도가 꼬리를 흔들었다.

"내가 먼저 말하지."

치즈의 추억을 얌전히 넘겨받은 턱시도는 망설이지 않고 대답했다.

"재밌었어."

턱시도는 몰랐지만, 그는 다정다감한 고양이로 말끝마다 가르랑거리는 소리가 뒤따랐다. 좋그르응그릉그릉그릉앗그르응지그르릉, 하고 들린 그 말을 용케 알아들은 치즈가 뒤이어 말했다.

"맞아. 나쁘지 않았지."

"또 태어나고 싶어?"

"또 태어나고 싶어."

다시 살고 싶다는 마음은 고양이들에게 흔한 감정이 아니었다. 치즈와 턱시도의 말을 들은 카오스는 잠자코 기지개를 폈다. 몸집이 작고 말라서 어린 고양이처럼 보이는 그는 불현듯 쥐 생각을 했다. 분리수거장 쪽 느티나무 아래에서 언뜻 쥐를 본 것 같았다. 저놈의 쥐를 잡아야 하는데, 하고 사냥 타이밍을 노리려다가 우스워서 중얼거렸다.

"쥐."

"응?"

턱시도는 곧바로 고양이의 눈으로 주변을 살폈다. 카오스가 쥐,

라고 하자마자 보이지 않는 쥣과의 포유류에게로 쏠린 사냥꾼의 영혼이 그를 노래하고 싶게 만들었다.

작고 통통한 쥐. 작고 마른 쥐. 꼬리를 잡으면 버둥거리는 쥐. 제비꽃 너머로 눈이 마주쳤던 쥐. 찍 소리 내는 쥐. 찍 소리 내지 않는 쥐. 달리는 쥐와 같이 달리고 싶어…….

"잠시 딴생각을 했어. 쥐는 이제 갔어."

오래 알고 지낸 고양이가 품은 감정은 서로에게 너무나도 쉽게 이어진다. 턱시도의 심상을 고스란히 읽은 카오스는 두 눈을 가늘게 떴다. 그러고는 이다음이 있기를 바라는 마음을 감추지 않고 털어놓았다.

"나도. 다음에도 이 몸으로 태어나고 싶어."

다음은 없겠지만.

이번에야말로 숨이 다하면 더 이상 눈 뜰 일 없이 마지막일 것이다. 서로의 체취를 확인하며 안부를 묻거나, 꼬리에 꼬리를 걸거나, 이마와 귀 사이를 정성스럽게 핥아 주는 밤은 이제 오지 않는다.

셋은 동시에 귀를 뒤로 젖히며 아주 잠깐 못마땅해하다가 꼬리를 천천히 흔들었다. 그들 안에서 같은 마음이 굽이쳤다. 마음은 힘차게 흐르고 흐르며 그릉그릉 우는 목울대를 타고 올라와 다음 말로 이어졌다.

"이다음에는 뭐가 있으려나?"

"츄르."

치즈가 외쳤다. 순간 좋아하는 간식이 다시금 떠오른 탓이었다. 모든 고양이는 때때로 충동에 휩싸이곤 했고, 치즈의 경우에는 방금 전이 바로 그랬다. 카오스는 이해한다는 듯 츄르, 하고 치즈의 말을 따라 했다.

"고등어 캔."

턱시도가 이어서 말했다.

"맛났지?"

"맛있었지. 닭가슴살도."

카오스와 치즈도 가만히 입맛을 다시며 동의했다.

순식간에 군침이 돌았다. 대화의 방향이 종잡을 수 없이 흘러도 셋은 만족했다. 고양이들끼리 묻고 대답하다 보면 원래 별난 구석이 있고 무엇보다 떠올리는 것만으로도 침이 고이는 생각은 매일 매 순간 해도 좋았다.

"인간들은 우리가 무지개다리를 건널 거라던데."

그때 턱시도가 어디선가 들은 이야기를 꺼냈다. 그러자 카오스와 치즈도 으응, 하고 목을 가다듬었다. 사는 동안 여러 번 들은 다리의 이름이다. 동물이라면 누구든 건너게 되며 세상 끝 어딘가에 존재한다는 전설의 다리. 그 실체 없는 다리가 셋의 머릿속 거울 표면에 일곱 빛깔 상으로 맺혔다.

이왕이면, 하고 치즈는 말했다.

"거기서 만나."

치즈의 제안에 카오스와 턱시도는 누가 먼저랄 것 없이 제 꼬리로 앞발을 살포시 감쌌다.

길들여지고 휘둘리는 세상이어도 그곳에서 또 만나기를 바랐다. 아무래도 마음처럼 되지 않을 일이라는 것을 카오스와 치즈와 턱시도는 잘 알았는데도 소망하게 됐다.

무지개다리 너머. 그곳에서라면 외로움을 타더라도 리듬을 타고 썰매를 타고 미끄럼틀도 탈 수 있을 것이다.

"그러면 가 볼까?"

카오스가 물었다.

이번에는 오로지 치즈와 턱시도에게만 던지는 물음이었다. 오늘 밤 이 아담한 놀이터에서 아홉 번의 생애 끝에 죽어 가는 고양이는 그들 셋이 유일했다.

"어디로 가면 돼?"

수염을 움찔거린 치즈가 주변을 두리번거렸다.

가 보지 않은 길을 나서는 건 아홉 번 태어났다가 아홉 번 죽는 고양이에게도 낯설고 두려운 일이다.

인간은 이럴 때에 어떤 다짐을 하더라. 카오스는 곰곰 생각했다. 직접 토로하지는 않았지만 치즈와 턱시도 모두 약간 겁에 질린 것 같았다. 먹을 게 없어도 겁만은 집어먹지 않은 지 오래였던 카오스조차 등허리 털이 쭈뼛 서는 것 같았다. 허락한 적 없는 무서움에 몸과 마음을 빼앗기면 아무리 그루밍을 해도 소용없다.

이런 마음으로 헤어져서는 안 된다.

그러면 서두르지 말고 최대한 늦장을 부려 볼까. 영원히 잠들기 전 조금 더 대화를 나누는 것쯤은 신도 눈감아 줄 테니까.

카오스는 곁눈질로 어둠을 보았다. 죽음이 꼿꼿한 자세로 서 있었다. 언제부터인지 모르지만 틀림없이 거기 있다. 고양이가 어느 한 곳을 오래 본다면 어김없이 벌레 혹은 죽음이 있는데, 이 밤에는 죽음이었다.

다행히 그는 갈 길을 재촉하는 기색이 없었다. 서두르지 않는 죽음에 눈인사를 한 카오스는 치즈와 턱시도를 번갈아 보았다.

"언제가 제일 좋았어?"

죽음을 모르는 척하며 카오스는 함께 길을 떠날 친구들에게 새로운 질문을 던졌다.

"순간이어도 좋아. 하루여도, 시절이어도, 한 생이어도 좋아. 가장 기억에 남는 때가 언제였는지 궁금해."

그렇게 화제를 돌린 카오스는 가까이 다가오는 죽음의 발소리를 들었지만, 능청스럽게 말을 이었다.

"우선 나부터 말할까."

불변하는 진실 중 하나. 겁 없고 호기심 많은 고양이는 죽음을 앞당기지만, 때로는 뒤로 미루기도 한다. 카오스는 지나온 이야기 하나를 꺼내며 목숨의 태엽을 움직이지 못하게 붙잡았다. 쥐의 꼬리를 움키고 놓지 않던 시절의 옹골진 기운으로.

  끝을 향해 풀려 가던 세 개의 목숨이 야옹, 하는 울음소리에 멈췄다.

"그 애랑은 이 근처 장례식장에서 만났어."

카오스의 눈빛이 순식간에 깊어졌다.

"울지 않는 애였어."

탈과 계수나무

삼색 무늬 고양이 한 마리가 토복토복 걸어간다.

터벅터벅 말고 토복토복 걷는 모습이 귀여워 연우는 한참 바라보았다. 언뜻 봐도 성묘였지만 살집이 없고 체구가 작은 고양이였다. 검정색이 대부분인 몸통에 주황색과 흰색 털이 촘촘한 패턴을 이룬 무늬가 눈길을 끌었는데, 연우의 시선을 느낀 고양이가 잠깐 걸음을 멈추고 돌아보았다. 뭘 봐,보다는 너구나, 하는 눈빛이기에 연우는 아는 고양이인가 하고 생각했다.

그럴 리 없다. 여기는 살면서 처음 와 본 장소이니까. 살고 있는 동네도 아니다. 버스를 타면 한 시간이 넘게 걸리는 거리였다. 오피스텔과 유흥가 저편. 제법 가파른 언덕을 오르면 보이는 대학병원 내의 장례식장은 그동안 올 일이 전혀 없던 곳이다.

무엇보다 연우는 어떤 고양이와도 얼굴을 트고 지내지 않았다.

엄마라면 몰라도 연우는 아니었다. 아는 고양이 한 마리 없이 살아왔다니. 길고양이 밥을 챙겨 주던 엄마를 뒀으면서 너무 나태했다. 느닷없는 충격에 휩싸인 연우는 얼룩덜룩한 고양이에게 황급히 인사를 건넸다.

"안녕."

돌아오는 인사는 없지만 고양이의 귀가 연우가 있는 방향으로 쫑긋 움직였다. 앞을 보고 있어도 관심 없는 척 주의를 기울이고 있는 게 분명한 동작이었다. 이렇게 모조리 티 나는 고양이는 스파이를 해서는 안 되겠다는 실없는 생각이 이어졌다. 어떻게든 저 고양이가 이쪽을 보게 하고 싶은 건 지금 여기 혼자 있기 때문일지도 모른다. 연우가 조그맣게 혀를 차자 드디어 고양이가 돌아보았다.

한쪽 눈에 길쭉하게 상처가 난 고양이는 왠지 모르게 근엄해 보였다. 피딱지가 앉은 눈을 거의 감고 있었는데, 자잘한 흉터를 제대로 살펴볼 틈도 없이 저만치 걸어갔다.

"잘 가."

손도 살짝 흔들어 봤지만 여전히 묵묵부답이다. 그러나 섭섭하지 않다. 연우는 멀어지는 고양이의 왜소한 뒷모습에서 눈길을 거두고 걸음을 옮겼다.

엄마는 길고양이들의 대모나 마찬가지였다. 집에서 멀지 않은 재개발 구역 길고양이들의 보호자이기도 했다. 고양이들은 연우와 피 한 방울 섞이지 않은 자매이자 형제인 셈이었는데, 엄마는 비나 눈이 많이 내릴 때면 오래된 공원과 아파트 지하 주차장을 오가며 사는 길고양이 무리를 염려했다. 명절 연휴에 길게 집을 비우면 길고양이 밥을 챙겨 줘야 한다며 어서 집에 가자고 보챌 정도였다. 동네에 꾸준히 길고양이를 챙기는 캣맘이 두어 명 더 있는데도 엄마는 자주 안절부절못했다.

그런 마음은 대체 뭘까.

연우는 부르튼 아랫입술을 깨물었다. 엄마가 아꼈던 어미 고양이와, 얼굴이 큰 수컷 고양이와, 몇 대째 태어나는 새끼 고양이들이 한 마리 한 마리 떠올랐다. 엄마의 휴대폰 사진첩을 넘겨 보면 털이 날리는 듯한 착각이 일 정도로 고양이 사진이 많았다.

……그 애들은 자기들을 아껴 주고 귀여워하던 어느 한 사람이 이 세상에서 사라졌다는 걸 이해할까? 엄마 없이 잘 살 테지만, 밥 주는 시간마다 엄마가 오는 길목의 벤치나 화단에 앉아 기다리던 습관을 이어 갈지도 모른다. 그러면 어떡하지. 오지 않을 사람을 기다리는 고양이를 알면서도 그냥 내버려둬야 하나.

연우는 찬바람 속에서 헛웃음을 지었다. 2월 중순, 입춘이 지나 절기상으로는 봄이 왔는데 여전히 춥다. 얼마 전에 내린 폭설 탓에 한겨울인 것만 같다. 검정 롱 패딩의 지퍼를 끝까지 올린 연우는 같은 자리를 맴돌며 패딩 아래 입은 상복의 감촉이 낯설다고 생각하다가 곧 그 무엇도 떠올리지 않으려 애썼다.

새하얀 입김이 연기처럼 흩어졌다. 자신도 모르게 내쉰 한숨을 두 눈으로 목격하는 기분은 별로 좋지 않았다. 찬바람이 불자 머릿속에서 온갖 형용사가 팔랑팔랑 나부꼈다. 춥다. 쌀쌀하다. 매섭다. 차분하다. 고요하다. 죽음이 들어앉을 자리라고는 없을 것처럼.

지하 주차장으로 중형차 한 대가 들어갔다. 차단기가 올라갔다가 내려오는 걸 지켜보는데, 멀리서 웃음소리가 날아들었다. 양철 쓰레기통 앞에서 담배를 피우는 아저씨들이 있었다. 검은 양복 차림인 걸 보니 문상객인 듯했다. 담배를 피우면 뭔가 해소되는 기분일까. 아저씨들이 농담이라도 나누었는지 다시 소리 내어 웃었다.

여기는 별로 울음으로 가득한 곳이 아니다. 그것이 다행이라고 연우는 생각했다. 장례식장의 분위기는 장소마다 다른데, 당연한 그 사실이 새삼 신기했다. 똑같이 죽음과 애도가 머무는 곳인데도 판이하게 다를 수가 있나 싶은 거다. 대학교 안에 있는 빈소이기 때문일까. 죽음을 여러 차례 겪은 나머지 학습된 애도를 수행하는 이들이 찾아왔다가 떠나는 곳인 것만 같다. 그럴 리 없는데도.

처음 장례식장에 간 경험은 할아버지가 돌아가셨던 초등학교 5학년 때, 두 번째는 엄마가 돌아가신 지금이다.

그다지 슬프지 않다고 생각하던 연우는 아차 싶었다. 이렇게 슬퍼하지 않아도 되나. 이런 마음가짐으로 빈소를 지켜도 될까. 고인이 된 엄마에게 잘못하고 있는 건가. 어쨌든 엄마인데, 한번 엄마는 영원한 엄마인데 너무 매정한가. 엄마를 잃은 다른 딸들은 어떨까. 혼란스러웠다. 아빠에게는 당연히 말할 수 없다. 평소 연락하며 친하게 지내는 친척 또한 없으므로 혼자만 품고 있는 어리둥절함이다.

귓가에 아빠가 콧물을 훌쩍이는 소리가 맴돌았다. 연우는 아빠에게 줄 티슈를 꼭 손에 쥐고 옆을 지키다가 바람을 쐬러 나온 참이었다.

어디니?

이모로부터 문자가 와 있었지만, 뭐라고 하면 좋을지 몰라 답장하지 않았다.

연우는 누군가를 잃었다는 것을 티 내고 싶은 부류는 아니었다. 대놓고 애도하는 사람은 되지 못해서 친구들에게조차 아직 알리지 않았다. 엄마가 돌아가셨어, 하고 문자를 보내야 하나. 그러면 친구들은 문자를 읽자마자 일 분 안에 답장하거나 전화할 것이다. 괜찮냐고 물었을 때 괜찮다고 대답할 것만 같아서 조금 겁이 났다. 연우는 음, 하고 목을 가다듬었다. 휴대폰 통화 목록을 들여다보면서 전화할 사람을 물색해 봤지만 딱히 없었다.

이번에는 SNS와 문자 창을 열어 최근에 대화를 나눈 사람들의 이름을 눌러 봤지만 좀처럼 사정을 밝힐 마음이 들지 않았다. 비딱하게 선 연우는 이제 휴대폰 화면을 껐다 켜며 시간만 확인했다. 그때마다 겨우 일 분쯤 지나 있을 뿐이었다. 액정 화면이 약간 깨진 휴대폰을 패딩 주머니에 넣은 연우는 앉을 만한 곳을 찾아 두리번거렸다.

남들 눈에 잘 띄지 않을 만한 그늘진 곳이 보였다. 장례식장 입구에서 다소 떨어져 있는 그곳은 원목으로 만든 정자 아래 벤치가 나란히 놓여 쉬었다 가기 좋은 자리였지만, 주로 흡연자만 다녀가는 모양인지 담배꽁초가 수북하게 버려져 있었다.

사람들이 왜 이렇게 쓰레기를 잘 버리지. 쓰레기를 아무렇지 않게 버리고 가래 섞인 침을 스스럼없이 뱉으며 길을 왜 자꾸 더럽히나……까지 생각하던 연우는 눈앞이 흐려져서 당황했다. 지금 이 순간에 골몰하기엔 쓸데없는 걱정거리 때문에 울다니.

황급히 눈가를 닦아 낸 연우는 누가 봤을까 봐 조마조마한 마음으로 패딩에 달린 모자를 썼다. 최대한 쓰레기통에서 멀리 떨어져 앉고는 먹구름이 가득 낀 하늘을 올려다보았다.

"……엉엉."

소리 내어 우는 척을 해 봤다. 다시 눈물은 나오지 않았다. 혹시 몰라서 흑흑, 하는 소리도 내 봤지만 소용없었다.

아옹.

그리고 다른 누가 대신 울었다. 주위를 살펴보니 아까 전에 본 고양이가 멀리 가지 않은 채 연우가 있는 방향을 향해 앉아 두 눈을 감고 있었다.

자는 건가?

연우는 잠깐 궁금해하다가 두 팔과 다리를 쭉 폈다. 찌뿌둥한 목 뒤를 조심스럽게 누르는데, 어느새 눈을 가늘게 뜬 고양이가 연우를 쳐다보았다.

"여기 살아?"

슬쩍 말을 걸어 봐도 고양이는 귀만 쫑긋거릴 뿐, 다시 울지 않았다.

"신기해?"

"……."

"장례식장에서 안 우는 사람 처음 보지?"

고양이는 말이 없고, 연우는 여전히 눈물이 나오지 않았다. 그리고 화가 나기 시작했다.

왜 엄마는 서둘러 떠나서 나를 엄마 없는 딸로 만들었나. 엄마는 왜 그날 그 시간에 고양이 캔이 다 떨어지기 직전이니 장을 봐 오겠다면서 집을 나섰을까. 엄마는 왜 길을 건너기 전 옆을 먼저 살피지 않았을까. 하필 엄마가 횡단보도를 건너고 있던 그 밤에 SUV 운전자였던 30대 남성은 왜 신호를 무시하고 속력을 높였을까. 어째서 복잡한 가정사와 좀처럼 풀리지 않는 주식 투자 사정을 빌미로 애꿎은 희생자를 찾아 나선 걸까.

꼬리에 꼬리를 무는 생각을 멈추고 연우는 슬쩍 시선을 내렸다. 모르는 사이 덜덜 떨리고 있는 손을 깍지 껴서 힘주어 잡았다. 점점 손끝의 감각이 사라지고 있었지만 아직 실내에 들어가고 싶지는 않았다.

연우는 찬바람 속에서 장례식장 건물의 외관을 훑어보았다. 의학 대학교 교정 안에 있는 장례식장은 문상객보다 학생이나 관계자가 더 많이 보여서 역시 죽음과는 거리가 먼 느낌을 풍긴다. 기분 탓이겠지만 연우가 느끼기에는 내내 그랬다.

연우는 상복 끝자락을 물끄러미 보다가 벤치에서 일어났다. 답답하다고 해서 오래 자리를 비울 수는 없다. 일하는 분이 따로 계셨지만 연우가 얼굴을 아는 먼 친척이라든가 엄마 아빠의 친구가 드문드문 찾아오면 음료수라도 먼저 자리로 가져다 드리고 있었다. 상조 회사 직원이 있더라도 유가족이 해야 하는 갖가지 일들이 시시때때로 생겼다.

고개를 돌리며 스트레칭을 한 연우는 주먹을 쥐었다 폈고는 걸음을 옮겼다. 일부러 무릎을 높이 들며 걸었다. 아까 만난 고양이의 걸음걸이를 흉내 내 보려 했지만 마음처럼 되지 않는다. 고양이가 다치지 말고 잘 지내기를. 저 녀석은 길을 건널 일이 있다면 반드시 왼쪽과 오른쪽을 살피기를, 건너기 전에 한 번 더 경계하기를 바랐다. 사람의 증오로부터 고양이도 안전하지 않음을 알기에 연우는 낯선 고양이의 안전을 빌었다. 엄마라면 그랬을 테니까.

이제 장지에 가는 날까지 하루만 견디면 된다. 바삐 걷던 연우는 아옹, 하고 우는 소리에 멈칫했다.

앞으로 남은 장례 절차와 다시 예전처럼 살아 내야 하는 일상을 떠올리느라 머릿속이 바빠진 어린 유가족에게 조금 전의 고양이가 다가왔다.

"배고파?"

아—옹.

가까이 온 고양이가 할 말이 있는 듯 연우를 바라보았다. 그러니까, 까만 바탕에 주황과 흰 털이 섞인 고양이를 뭐라고 부르더라. 연우는 고양이에 관한 거라면 뭐든 아는 엄마가 한국 고양이에 대해 들려준 이름이며 별칭을 떠올리려고 애썼다.

엄마의 웃음소리가 먼저, 그다음은 신이 나서 빠르게 말하던 목소리가 떠올랐다.

'카오스, 예쁘지?'

그래, 카오스였다.

연우는 장례식장에 사는 낯선 고양이에게서 눈을 떼지 못했다.

'네 아빠가 알레르기만 없었어도 데려와 키웠을 거야.'

곧 공사가 진행될 재개발 구역에 가장 마지막까지 남아서 엄마를 포함한 길고양이 돌봄 활동가들을 안달 나게 했다는 고양이의 털 무늬도 흔히 말하는 카오스였다. 늘 멀찍이서 홀연히 나타나곤 한다는 신출귀몰한 고양이. 엄마의 휴대폰 사진첩을 최근 순으로 펼치면 가장 많이 나올 사진 속 주인공. 임시로 설치한 길고양이 급식소에 규칙적으로 나타나던 고양이를 두고 엄마가 카오스라고 말했던 목소리가 귓가를 맴돌았다.

'예쁘지. 길에서 카오스랑 만나면 기분이 너무 좋아. 이름 때문에 그런가, 우주가 걸어 다니고 우주가 울고 우주가 누워 있는 것 같고 그래.'

그때만 해도 고양이의 털 색에 그다지 관심이 없었는데, 하필 오늘 나타난 삼색 무늬 고양이를 보고 있자니 연우는 기분이 묘했다.

"이름이 뭐야?"

그래서였을까.

"……엄마?"

충동적으로 엄마를 불렀다. 엄마가 특히 좋아했던 무늬를 가진 고양이가 우연히 나타났을 리 없다는 망상 때문에. 연우는 찬바람에 빨개진 뺨을 두 손으로 누르며 고양이의 반응을 살폈다. 갑자기 엄마라고 불린 고양이는 연우를 빤히 올려다보기만 했다.

엄마 말대로 고양이는 눈으로 정말 많은 것을 말한다. 모든 것을 꿰뚫고 있는 듯 보이기도 했다.

네가 왜 여기에 있는지 알아. 고양이의 눈이 그렇게 말하는 듯해서 괜히 뜨끔했다. 너 누군가를 잃었지. 그래서 평소라면 아는 체도 안 할 고양이인 나에게 말을 걸고 내가 무슨 말이라도 하기를 기다리는 거지.

"엄마."

고양이의 에메랄드빛 눈동자를 뚫어져라 보며 연우는 그 안에 서린 모든 것을 캐내고 싶은 헛된 충동이 들었다. 왜 불러, 하고 나무라거나, 내 이름은 그게 아닌데, 하는 핀잔 섞인 눈빛은 아니었다. 오히려 '그래, 나를 엄마라고 부르고 싶거든 엄마라고 불러. 이름은 많을수록 좋으니까.'라고 말하는 듯한 눈빛이어서 연우는 그만 지갑을 열고 싶어졌다.

"잠깐만 기다려."

"……"

"금방 올게."

연우는 고양이에게서 눈을 떼지 않은 채 뒷걸음으로 걷다가 서둘러 근처 건물 1층에 입점해 있는 편의점으로 달려갔다. 그리고는 매대 한편에 진열된 고양이용 습식 사료와 간식 서너 개를 골라 계산대로 뛰었다.

"봉지 안 주셔도 돼요. 영수증도요."

체크 카드를 내밀며 빠르게 외친 연우는 계산이 끝나자마자 패딩 주머니에 사료와 간식을 쑤셔 넣고 편의점을 뛰어나갔다. 순식간에 추위가 가셨다. 고양이에게 달려가는 동안 기다려라, 기다려라, 소원처럼 빌었다.

"있, 있구나."

갑자기 뛰어서 그런지 숨이 차오른 연우는 한참을 헉헉거렸다. 다행히 고양이는 제자리에 앉아 있었다. 꼬리로 바닥을 쓰는 모양새가 배고픈 것 같으면서도 여유로워 보였다.

기다렸냐고 묻고 싶어진 연우는 고양이가 도망갈까 봐 우선 조심스럽게 캔 뚜껑을 땄다.

"천천히 먹어."

너에게 참치라든가 닭가슴살 습식 캔을 먹이고 싶은 마음에 근처 편의점까지 쏜살같이 달려갔다 왔다고 설명했지만, 고양이는 이제 연우의 말을 귀담아듣지 않는 듯했다. 먹는 데 열중한 고양이의 콧등에 털이 조금 빠져 있었다. 자잘한 상처를 달고 있는 고양이가 한동안 잊히지 않고 눈에 선할 것 같다.

"많이 아파?"

아옹.

아프다는 건지 괜찮다는 건지 알아들을 수 있다면 좋을 텐데. 막연히 생각하던 연우는 멈칫했다.

알아서 어쩌려고? 도와주기라도 하게?

도움이 필요해 보이는 길고양이를 구조해서 입양 홍보까지 이어 갈 능력과 배려심이라곤 아예 없으면서.

눈썹을 찌푸린 연우는 자기를 한껏 비웃다가 문득 난처해졌다. 지금 당장 엄마를 부를 수 있다면 좋을 텐데. 엄마가 있다면 이런 고민 따위 안 해도 됐을 것이다. 엄마가 살아 있다면.

한숨을 내쉬지 않으려고 노력하는데 근처에서 부스럭거리는 소리가 들렸다. 누군가 옆을 지나가는구나 싶었지만 웬일인지 소리가 끊이지 않았다. 이쪽을 보고 있는 시선이 느껴졌다. 뭔가 싶어 고개를 돌린 연우는 아무렇지 않은 척 다시 고양이를 바라보았다.

한 남자애가 편의점 봉지를 들고 우두커니 서 있었다. 춥지도 않은지 외투를 걸치지 않은 차림이었는데, 연우 또래로 보였다. 검은 바지와 흰 셔츠를 입고 있으므로 누군가의 장례를 치르는 중일지도 모른다.

막연히 생각하던 연우는 남자애를 힐끔거렸다. 그 애는 여전히 이쪽을 보고 있었다. 정확히 말하자면 연우가 우연히 끼니를 챙겨 주고 있는 고양이를 보는 듯했는데, 표정이 하도 애틋해서 하마터면 이리 가까이 와서 보라고 할 뻔했다. 돌봐 주는 고양이려나. 궁금해하는 연우의 머릿속이 물음표로 가득 차기 시작했다.

외투도 없이 춥지 않을까. 누구든 저 애를 아는 사람이 근처에 있다면 얼른 웃옷을 챙겨 주기를.

슬슬 다시 돌아가야겠다고 마음먹은 연우는 다시 한번 남자애에게 무심히 눈길을 던졌다.

자세한 사정을 알 수는 없지만 저 녀석도 만만치 않은 혼란을 겪고 있는 중이라고 여기며 연우는 발길을 돌렸다. 그러는 동안 고양이는 연우는 신경도 쓰지 않고 배를 채우는 데 정신을 쏟고 있었다.

안녕.

연우는 속으로 인사를 건네고는 서둘러 장례식장으로 돌아갔다.

지하로 내려가자마자 향냄새와 얼큰한 육개장 냄새가 코끝을 파고든다. 평소에 좋아하던 음식이었지만 식욕이 당기지 않는다. 여기 어딘가에 영안실이 있고 차가운 그곳에 엄마가 누워 있겠지. 그런 생각을 하며 걷는 연우를 제일 먼저 발견한 이모가 캐러멜 하나를 까서 입에 넣어 줬다.

"이모는?"

"먹고 있지."

이모가 볼록한 한쪽 볼을 가리켰다.

엄마의 영정 사진을 가만히 보고 있는 아빠의 뒷모습을 발견한 연우는 신발을 벗자마자 그리로 걸어가 손을 뻗었다. 톡톡, 조심스럽게 어깨를 두드리자 퀭한 눈빛이 연우에게 와 닿았다.

"어디 갔다 와?"

잠깐 나간 사이에 문상객들이 한꺼번에 몰렸는지 발 디딜 틈이 없어 보였다. 어릴 때 엄마 아빠를 따라간 동창 모임에서 만났던 아주머니 아저씨 들이 많았다. 문상 자리에서 아무 말을 하지 않는 게 예의라고는 하나, 이미 많은 사람과 절을 한 아빠의 얼굴은 너무 많은 대화를 끝낸 사람처럼 어느 때보다 주름이 깊게 파여 보였다. 잔뜩 충혈된 눈동자와 갈라진 목소리. 살면서 본 아빠의 모습 중에 가장 피로해 보였지만 연우는 말을 아꼈다.

"요 앞에. 잠깐 바람 쐬러."

"그래, 뭐 좀 먹었어?"

"아까 이모가 쿠키랑 홍삼 주셔서 먹었어. 방금 캐러멜도 주심."

"잘 챙겨 먹어."

"난 걱정 말고 아빠나 신경 써."

"너도. 아빠가 정신이 없어서…… 못 챙겨 주니까."

엄마를 잘 배웅하려면 일단 배를 든든히 채워야 한다고 아빠는 여러 번 강조했다. 하지만 연우의 마음은 장례식장 바깥으로 쏠려 있었다. 한가득 주고 온 사료와 간식을 고양이가 다 챙겨 먹었을지 궁금했다.

"아빠."

"응?"

"너무 이상한 말이지만 지금 해도 돼?"

"던져 봐."

아빠가 공을 달라고 하는 듯 두 손을 까닥였다. 아빠의 오랜 습관이었다. 그래서 연우는 마음 놓고 공을 던지듯 말을 던졌다.

"고양이 한 마리 구조하면 안 돼?"

"……웬 고양이?"

거뭇거뭇하게 수염이 올라오는 턱을 매만지던 아빠가 눈을 크

달과 계수나무 33

게 떴다. 연우는 조금 머뭇거리다가 입을 열었다.

"좀 아까 요 앞에서 다친 고양이를 봤어."

"……."

"우리가 구조해서 치료해 주면 안 될까?"

엄마가 종종 아파 보이는 길고양이를 구조해서 동물병원에 데려갔던 것을 연우만큼 잘 아는 아빠는 연우의 말을 흘려듣지 않았다. 말없이 마른세수만 하던 아빠는 멀찍이서 구두를 벗고 들어서는 직장 동료를 발견하곤 옷매무새를 정리했다.

"지금은 상황이 좀 그렇고, 나중에 한번 돌아 보자."

"꼭이야."

"그래, 꼭."

"약속해 줘."

"그래. 약속이다."

그러면서 아빠는 손을 들어 올렸다.

"약속."

아빠가 갑자기 눈앞에 들이민 다부진 새끼손가락을 보고 놀란 연우는 아빠의 표정을 살폈다. 아빠는 희미하게 미소 지으며 연우가 손가락을 내밀기를 기다리고 있었다.

"……약속."

망설이던 연우는 엄마의 영정 사진 앞에서 아빠와 새끼손가락을 걸고 약속했다. 엄마가 아니라 고양이 한 마리를 위해서. 오늘 같은 날 낯선 고양이 따위가 뭐가 중요한가, 자조하면서도 아빠를 조른 것을 후회하지 않는다. 이렇게라도 살아 있어야 하는 이유를 늘리고 싶었으니까. 이 모든 장례 절차가 끝나면 우리 부녀에게는 구조해야 할 고양이가 있다. 그러니 당장 어떻게 살지 막막해도 일단 살아 봐야 한다……. 그런 굳건한 이유가 연우 자신에게도 아빠에게도 필요한 것이다. 가슴에 품고 있는 그 단단한 구실 때문에 허튼 생각을 하거나 수렁 같은 슬픔에 빠질 새가 없을 테다.

무엇보다 연우는 우연처럼 만난 고양이가 자꾸만 눈에 밟혔다. 엄마와 영원히 헤어져야 하는 날에 나타난 고양이. 무심한 듯 곁을 떠나지 않던 고양이의 느긋한 표정, 이곳에 살면서 수없이 많은 문상객을 지켜봤을 담대한 눈빛이며 상처 같은 것이 머릿속을 떠나지 않았다. 꾀죄죄한 행색과 달리 명랑한 울음소리 역시.

"도장도 찍을까?"

아빠가 사뭇 진지하게 말했다.

"중요한 약속이잖아."

"됐어."

"그래. 암튼 우리 좀만 더 견뎌 보자, 이연우."

다시 상주 자리에 서려고 걸어가는 아빠의 뒷모습을 보며 연우는 보일 듯 말 듯 고개를 끄덕였다.

아빠는 새끼손가락을 건 날로부터 정확히 보름 후에 약속을 지켰다. 어떤 선언과 함께.

"슬픔은 영구적인 게 아니야. 꼭 변하는 거야. 그러니까 자꾸 몸을 움직이고 마음을 한데 두지 마."

고양이를 구조하기 이틀 전. 볼살이 홀쭉해질 만큼 체중이 많이 감소한 아빠와, 밤마다 떡볶이와 마라탕과 핫도그와 감자칩 따위를 먹느라 눈에 띄게 살이 찐 연우는 엄마를 보낸 장례식장에 와서 고양이의 상태를 살폈다. 날씨가 좀 풀리나 싶다가 다시 한파주의보가 내려진 날이었다.

다행히 고양이는 연우가 처음 녀석을 만났던 곳으로 가자마자 야옹, 울며 나타났다. 에메랄드빛 눈동자를 감싸는 눈꺼풀의 상처는 아물다가 곪기라도 한 건지 상태가 나빠 보였다.

"얘야?"

아빠는 고양이를 보자마자 긴장이 풀렸는지 조금 웃었다. 고양이는 걱정하는 눈길로 상태를 확인하는 아빠의 종아리에 꼬리를 한 번 감았다가 풀며 인사했다.

"얘야."

연우는 처음 보자마자 연우 안에 들어온 고양이가 엄마 못지않게 애묘가인 아빠의 마음을 홀라당 빼앗은 듯해 안심했다.

아빠와 약속하길 잘했다고 생각했다. 두 사람에게는 역시 지속되고 있는 슬픔으로부터 거리를 둘 만한 사건이 필요했다. 몸과 마음을, 일상을, 관심사를 한곳에 두지 않고 자꾸 굴리며 이동시키려는 노력에 고양이 한 마리가 걸려든 거다. 불순하지만 서로에게 다행인 일이길 바라는 구조 작업에 앞서서 아빠는 몇 가지 확인 절차를 밟았다.

"근데 우리가 이 녀석 사는 일에 관여하는 게 좋을까?"

그날 늦은 밤 아빠는 이렇게 물었다. 고양이를 위한 마음이 전부 좋은 것일지 생각해 봐야 한다는 일종의 경고였다. 아빠의 마음을 전부 다 헤아릴 수는 없지만 연우가 느낀 바로는 그랬다.

"날도 추운데, 데려가서 치료하는 게 낫지 않아?"

"그럭저럭 살 만한 애일지도 모르잖아."

"좀 아파 보였는데."

"회복 중일지도 모르지. 이 정도쯤이야 이겨 낼 수 있는 고양이인데 괜히 우리가 끼어드는 걸 수도 있지."

그 말은 연우를 한순간 뜨악하게 만들었다. 길고양이를 데려오기 전 심사숙고하는 자세를 가르치기 위한 질문이라는 것을 알지만 어쩔 수 없이 고민이 되었다. 아빠는 언제나 여러 가능성을 열어 둬야 한다고 재차 말하며 연우의 표정을 살폈다.

"어떻게 생각해?"

"일리 있네."

"네 엄마한테 배운 거야. 고양이 입장에서 생각해 보는 거."

"……."

"고양이에 관한 거라면 뭐든 다 알았잖아. 고양이 박사였잖아."

은근슬쩍 엄마를 거론한 아빠는 고양이를 데리고 갈 동물병원과, 집에서 머물게 될 경우 고양이가 쓰게 될 화장실이며 모래, 주식 캔 등을 알아보고 구비해 놨으면서도 다시 한번 연우에게 짚고 넘어가야 할 문제를 상기시켰다.

"구조한 후에는? 그다음엔 어쩔래?"

"우리가 데리고 살면 안 되나."

"그렇게 얼렁뚱땅 키워선 안 되지. 다 큰 성묘여도 거기에 같이 사는 가족이 있을 수도 있는데."

"그런가."

"응, 그리고 네 아빠 고양이 털 알레르기 있는 걸 잊었냐."

"맞다."

"계속 생각해 봐. 틈틈이."

그러고 나서 아빠는 정확히 이틀이라는 시간을 준 것이다. 장례식장에서 만난 각별한 고양이를 어쩌면 좋은가. 무엇이 최선인가. 그렇게 생각하는 동안 신기하게도 일상은 계속됐다. 이렇다 할 어려움 없이, 평범하게. 어쩌면 엄마는 그냥 멀리 외출한 걸지도 모른다는 착각이 잠깐 들 만큼.

엄마가 잠든 추모공원은 경기도 외곽의 높지도 낮지도 않은 산 아래 위치했는데, 집에서 그다지 멀지 않았다. 밤나무와 소나무, 전나무가 특히 많은 그 산에 다녀오자마자 아빠는 집의 베란다 한

구석에 자리를 차지하고 있는 소동물용 포획 틀부터 꺼내 닦았다.

"형부, 구조한 후엔 임보라도 할 거예요?"

연락을 받고 도와주러 온 이모는 황당해 보였지만 일단 장단을 맞춰 주었다. 슬픈 부녀의 난데없는 고양이 구조 활동에 얼떨결에 함께하게 된 건데, 자초지종을 듣고 따라오긴 했으나 착잡한 마음을 완벽히 숨기지는 못했다. 남겨진 사람 둘이 엄마가 하던 일을 이어서 하려는 꼴을 보며 이모는 그럴 필요 없다고, 조금 더 생각해 보라는 말도 덧붙였다.

"병원에서 치료받게 하고, 차차 입양 홍보해 봐야지."

하지만 아빠는 이미 연우처럼 마음을 굳힌 후였다.

"그 사람도 그냥 못 지나쳤을 테니까."

엄마를 들먹인 건 솔직히 이모에게 반칙이었다. 당분간 주변인들에게 히든카드처럼 내밀면 어디서든 먹힐 말이기도 했다. 혹시 몰라 일회용 장갑을 낀 연우는 괜히 주머니 속의 고양이용 간식을 만지작거렸다.

상대에 따라 치사하다고 느낄 수도 있겠지만 생생한 상실감으로부터 도망치려는 버둥거림을 읽어 낸 이모는 한숨을 삼켰다.

"네네, 일단 그렇게 해 봅시다 그럼."

늦은 밤, 고등어 캔의 유혹에 넘어간 고양이는 순순히 포획 틀 안에 들어와 잡혀 주었고, 연우와 아빠는 엄마를 떠나보낸 후 처음으로 소리 내어 웃을 수 있었다.

그리고 그 남자애가 다가온 것도 같은 날 밤이었다.

"저기요."

회색 트레이닝복 위에 검정 롱 패딩을 입은 남자애가 고양이에게서 눈을 떼지 못한 채 저벅저벅 걸어왔다.

"얘, 어디로 데려가시나요?"

주변이 어두운데도 그 애의 매서운 눈빛이 잘 보였다. 남자애는 혼자 장례식장 주변을 활보하는 게 거의 확실한 고양이의 보호자이기라도 한 것처럼 다소 날이 서 있었다.

"아, 이 녀석 주인이니?"

아빠는 남자애의 말에 적잖이 당황하며 연우를 바라보았다. 길고양이인 줄 알았는데 머무는 장소가 따로 있거나, 주인이 있는 고양이라면 곤란했다.

"아뇨, 그건 아니고…… 제가 요새 밥 챙겨 주고 있었거든요."

연우는 엄마 같은 사람이 또 있고 제 또래라는 사실에 조용히 놀랐다.

"그렇구나. 다친 데가 보여서 병원에 데려가려고 했다."

"그다음엔요?"

"응?"

아빠가 벙찐 얼굴로 입을 다물었다.

"치료받고 나선 다시 여기에 데려와 주시는 거예요? 아니면 입양처 알아보시거나, 직접 키우시는 건지."

그 말을 들은 아빠는 연우를 돌아봤다. 대답하라는 무언의 눈짓을 보고 연우는 망설이다가 입을 열었다.

"일단 임시 보호하면서 입양할 만한 사람 있는지 인터넷에 글 올려 볼 거예요. 아님 우리가 키우거나……."

마지막 말은 갑자기 튀어나왔다. 아빠가 흠칫 놀라며 바라봤지만 이미 뱉은 말을 주워 담을 수 없었고, 연우는 이만큼 묘연이 닿은 고양이를 남에게 보내고 싶지 않다는 욕심이 들어 고양이만 바라보았다. 이모가 옆에서 못 산다, 하고 중얼거렸지만 상관없었다. 어차피 엄마가 계속 살아 있었다면 어떻게든 같이 사는 고양이가 꼭 생겼을 테니까.

"뭐, 그렇지……."

아빠가 자신 없는 목소리로 운을 뗐다.

"잘 치료받자. 그리고 네 가족도 꼭 찾아보자."

고양이에게 건네는 아빠의 말이 주문처럼 들렸다. 이 주문이 정말 이루어질 것 같아서 연우는 안심이 됐다. 남자애의 눈빛도 한껏 풀어졌다.

"다행이네요."

이 고양이만은 괜찮게 살았으면 좋겠다. 적어도 길 위에서 살 때보다는 안전하고 편안히. 그건 고양이를 위한 마음이 아니라 연우 자신을 위한 마음이기도 했다. 열일곱 살이 되자마자 불안에 시달리게 되었으므로 행운을 나눠 가질 요량으로 고양이의 행복을 빈 거였다. 그러면 연우도 마지못해 평온을 되찾을 것만 같았기에.

"얘 이름이라도 지어 줄까?"

아빠가 불쑥 제안했다.

"우리가 부를 이름이 필요할 테니까."

연우는 솔깃했지만 고개를 저었다.

"벌써 정 붙으면 좀 무서운데."

엄마는 어땠더라. 집에서 키우지 않더라도 길에서 만나는 고양이마다 이름을 붙여 준 것 같기는 했다. 주저하는 연우를 다 안다는 얼굴로 바라보던 아빠가 그건 그렇지만, 하고 입을 열었다.

"병원이랑 우리 집 오갈 때 조금이라도 안심하게 하려면 자꾸 불러 줄 이름이 필요하지. 입양 보내기 전에 사람이랑 친해지면 여러모로 좋으니까."

"그런가."

"카오스, 어떠냐."

아빠가 자신 있게 말했다. 고양이의 이름에 대해 미리 생각하기라도 한 건지 조금도 망설임 없는 제안이었다. 오래 고민하지 않아도 지을 수 있는 쉬운 이름이기도 했다.

아무리 고양이라도 혼돈이라는 이름을 제 이름으로 갖고 싶을까 싶다가도, 혼돈이라고 불리는 고양이라면 그 고양이를 아는 모든 고양이와 사람 들이 우러러볼 것만 같아 왠지 두근거렸다.

"카오스, 좋다."

연우는 흔쾌히 고개를 끄덕였다.

"멋지네. 우두머리 이름 같고."

이모도 히죽 웃으며 박수를 쳤다.

카오스와 연우 둘 다 각자의 혼란 속에서 허덕이다가 만난 셈이니까 딱 어울리는 이름이었다. 더군다나 이런 털 색을 가진 고양이를 흔히 '카오스'라고 부른다고 살아생전 엄마가 알려 주지 않았던가. 운명 같았다.

"카오스."

연우는 머릿속에 새기려는 듯 힘주어 이름을 불러 보았다.

아옹.

이름을 불린 카오스가 수건을 덮은 포획 틀 안에서 화답하듯 조그맣게 울었다. 무사히 고양이를 구조했고 이제 예약을 잡아 둔 동물병원에 가는 일이 남았다. 아빠가 남자애에게 먼저 고갯짓을 하며 인사했다.

"잘 가라."

"안녕."

연우도 오랜만에 웃으며 인사했다. 인연이 닿으면 언젠가 마주치겠거니 생각하며 그냥 헤어지려는데, 남자애가 다급히 잠깐만, 하며 불러 세웠다.

"폰 번호 좀 알려 줘. 괜찮으면 카오스…… 소식이나 사진 받고 싶어."

"그래."

아무렇지 않은 척 고개를 끄덕였지만 심장이 세차게 뛰었다. 고등학생이 되어 처음 사귀는 친구였다. 비록 학교 밖에서 알게 된 사이지만.

"백승길이야. 내 이름."

연락처에 적을 이름이 필요해서 물끄러미 보는 연우에게 남자애가 씩 웃어 보였다.

"승부 할 때 승, 길쭉하다 할 때 길."

"난 이연우."

연우는 방금 발음이 뭉개져 나오지 않았나 싶어 말을 이었다.

"……연필 할 때 연, 우리 할 때 우."

한자 풀이로 이름을 설명할 수도 있었지만 승길을 따라 누구나 잘 알 법한 낱말의 앞글자를 끌어와 이름을 강조했는데, 그런 연우를 의젓이 보며 승길은 카오스를 잘 부탁한다고 말했다.

🐾

살면서 다시 마주치겠구나 생각했던 사람은 어떻게든 재회하고 마는 모양이다. 만났더라도 못 알아보는 인연도 있을 텐데 승길과 연우의 경우는 달랐다. 두 사람이 다시 만난 건 새 학기 등교

첫날의 학교에서였다.

1학년 4반.

낯익은 아이를 눈여겨보며 연우는 신기하다고 생각했다. 조금 반갑기도 했다. 하지만 우리 같은 반이구나, 하며 친한 척하기에는 미적지근한 사이어서 구태여 아는 체하지 않고 가만히 첫 학기의 어색함을 견뎌 냈다. 그런 연우에게 먼저 다가온 건 승길이었다.

"너 동아리 어디 가입할 거야?"

쉬는 시간에 연우의 자리로 다가온 승길이 대뜸 그렇게 물었을 때 연우는 낮잠을 자려고 책상 위에 교과서며 공책을 쌓는 중이었다. 책상 서랍을 더듬으며 두꺼운 한국사 교과서를 찾던 연우는 상체를 수그린 자세 그대로 뻣뻣하게 고개를 돌렸다.

"어?"

"동아리, 할 거냐고."

"그래야지."

"어디 가입할 거야?"

왜? 그걸 네가 알아서 뭐 하게?

뭐라 말하면 좋을지 생각하던 연우는 우물쭈물 입을 열었다.

"……등산부나 들까 하는데."

마침 운동 부족이기도 하고, 이웃사촌이자 같은 학교 선배인 아는 언니의 추천을 받아 끌리던 참에 좋아하는 문학 담당 교사가

지도하는 동아리여서 망설임 없이 고른 선택지였다.
"잘됐네. 마침 나도 산이나 탈까 했어."
고개를 끄덕인 승길이 반갑다는 듯 말했다.
연우는 얼빠진 사람처럼 그렇구나, 하고 마주 고개를 끄덕거렸다.
그렇게 둘은 정말로 친구가 됐다. 길에서 살며 얻은 생채기와 허피스라는 이름의 감기 후유증이 낫는 중인 카오스에 대해 거리낌 없이 이야기를 나누고 사진을 공유하면서. 같은 동아리에 가입하고 이동 수업마다 함께 복도를 걷거나 계단을 오르내리면서.
대화를 나눌수록 승길과 공통점이 많았다. 어쩌면 혈육인 아빠보다 더. 같은 나이, 같은 학교인 것도 놀라웠지만 같은 반 친구로 만나 인연이 이어지다니. 길고양이의 안위를 걱정하며 밥을 챙기기 시작한 게 각자 장례식을 치르던 시기부터였다는 점을 놓고 보면, 보통 우연이 아닌 것 같았다.
물론 차이점도 많았는데, 승길은 여동생이 둘이 있는 장남이고, 연우는 외동딸로 각각 사는 집의 분위기가 확연히 달랐다. 승길의 집에는 늘상 아이돌 노래가 흘렀고 연우가 사는 집에는 주로 아빠가 애청하는 시사교양 방송이 높은 볼륨으로 켜져 있었다. 더군다나 승길은 오래전부터 고양이를 좋아했는데, 엄마를 떠올리게 하는 그 마음을 닮고 싶어져 연우는 뒤늦게 길고양이 관련 책을 찾아보거나 유명 SNS 계정을 팔로우했다. 그런 마음을 아는지 승길은 종종 길고양이 관련 뉴스 기사라든가 서적이 담긴 링크를 보내 왔고 그러는 동안 카오스는 착실히 입원 치료를 받았다.

🐾

등산부원이 모이는 교실에는 여학생이 대부분이었다. 신기하게도 남학생은 별로 없었다.

"이거 받아."

그때 한 선배가 유인물을 나눠 주었다. 유정원. 흰색 명찰을 달고 있는 걸 보니 2학년이었다. 머릿결이 좋아 보이는 정원은 우아한 분위기로, 목소리와 발성이 아나운서처럼 나지막하고 명료해서 왠지 모르게 어른스러웠다.

"등산부에 잘 들어왔어. 우리 학교 뒷산 꽤 좋거든……. 다들 잘 모르는 것 같지만 등잔 밑이 어두운 법이지……."

"……."

"나도 운동이라면 질색이지만, 산에 종종 가 보면 좋아. 큰 결심 하지 말고 그냥. 산에는 그냥 가는 거지. 등산하면 점점 머릿속이 텅 비어……. 그 느낌이 좋고 또 운이 좋으면…… 고양이를 만날 수도 있어."

웬 고양이 얘기를 하나 싶었지만 연우는 가만히 고개를 끄덕였다. 고양이는 어디에서든 만날 수 있는 동물이지만, 사람에 따라서는 고양이와 마주치는 것을 운이라고 칠 수도 있을 터였다.

이 밖에도 등산의 좋은 점에 대해 말하던 정원은 연우와 승길 뒤에서 쭈뼛거리고 있는 여학생을 발견하고는 "등산부에 잘 들어왔어." 하면서 또 다른 설명을 이어 갔다. 아무래도 등산부의 회장인가 보다 하고 넘어갔는데 회장은 따로 있는 것 같았다. 그저 산을 좋아하고 산에서 고양이와 마주치기를 고대하는 정 많고 야무진 학생인 듯했다.

정원의 말이 사실이라는 것을 체감하게 되기까진 얼마 걸리지 않았다. 연우와 승길은 등산부에 입부한 뒤 지난겨울 이래로 가장 머릿속이 깨끗하고 몸이 가벼워졌는데, 단순히 산을 올라서는 아니었다.

모든 신비로운 일이 으레 그렇듯 비결은 따로 있었다. 정연고등학교에 전해져 내려오는 괴상한 이야기 덕분이었는데, 그 시시한 미신이 겁 많은 두 사람을 달밤에 학교 운동장의 계수나무 아래 서게 했다. 그리고 그날 전까지 꽤 많은 일이 있었다.

신청 인원이 가장 많아 두 반으로 나뉜 영화부A와 영화부B는 교실에 모여 영화를 감상하고, 한지 공예부는 한지와 목공풀 등으로 미술 시간인 듯 아닌 듯 시간을 보내며, 등산부는 체육복으로 갈아입고 학교 뒷산을 오르는 시간이 왔다. 등산부 담당인 문학 선생님이 출석을 부르고는 스트레칭을 시켰는데, 산을 오르기 전 제대로 몸을 푸는 학생은 거의 없었다.

"……이렇게 해야 안 다치지."

한번 안면을 트고 말을 나눴다고 어느새 친근해진 정원이 연우와 승길에게 안녕, 하며 아는 체를 했다. 제 몸보다 헐렁한 치수의 체육복을 입고 열심히 스트레칭을 하는 정원의 옆에서 두 사람은 어색하게 팔다리를 돌리며 몸에 열이 오르게끔 했다.

정연산.

산에 오르는 날에는 기온이 평년보다 많이 올라갔다. 완연한 봄 날씨 같은 건 이제 뉴스의 자료 화면에서나 볼 법한 말이 됐다.

지구는 날이 갈수록 더워지는구나. 그리고 등산은 힘들구나. 이렇게 더운데 길에 사는 고양이나 새 들은 어떻게 살지. 연우는 헐떡이며 산을 올랐다. 승길도 옆에서 가쁜 숨을 몰아쉬었다.

"너희 그거 알아?"

두 사람과 보폭을 맞추며 걷던 정원이 정면을 바라본 채 조근조근 말했다.

"우리 학교 전설."

"네?"

"네?"

연우와 승길이 얼떨떨한 얼굴로 되묻자, 정원은 인중에 고인 땀방울을 검지로 꾹 눌러 닦으며 말을 이었다.

"거자필반."

"……."

"떠난 사람은 반드시 돌아온단 뜻이지. 그리고 여기 심긴 나무를 봐."

정원이 한 나무를 가리키며 멈춰 섰다. 그러고는 주문을 외듯 나무의 이름에 대해 밝혔다.

"이건 미선나무."

"……."

"하필이면 모든 슬픔이 사라진단 꽃말을 가진 나무가 이만큼 심긴 산이 있고, 그 산이 학교를 감싸는 모양새잖아."

"……."

"어라?"

그때 정원이 놀란 듯 입을 벌렸다.

"왜요?"

승길이 주변을 두리번거리다가 묻자, 정원이 피식거렸다.

"고양이를 본 것 같아서. 삼색 무늬 고양이. 드디어 봤네."

연우는 아리송한 얼굴로 고개를 돌렸지만 어디에도 고양이는 보이지 않았다. 잠시 후 학교 전설에 대한 이야기가 다시 느릿느릿 계속됐다.

"우리 학교 애들이나 선생들이 가진 슬픔이 사라지도록 이 산이 끌어안아 주는 꼴이지."

한 차례 숨을 고른 정원이 목소리를 한껏 낮췄다.

"세종대왕상 알지? 보름달 뜨는 밤에 그 아래에서 촛불을 켰다가 입바람으로 불을 끄면 그리운 사람이랑 잠깐 만날 수 있대. 사진도 있어야 돼, 만나고 싶은 사람 사진. 거기 동상 옆엔 또 계수나무가 있거든. 계수나무 알지?"

"아뇨."

생소한 이름이라고 말하며 승길은 천천히 고개를 저었다.

"그런 나무가 있어요?"

"그런 나무가 있지."

정원이 차분히 눈을 깜빡였다. 연우는 겨우 한 학년 위인 선배가 모든 나무의 이름을 알고 있을지도 모른다고 터무니없이 생각했다.

정원이 들려주는 모든 이야기는 전래 동화처럼 어딘지 모르게 현실을 한참 비껴간 것처럼 들렸다. 하지만 연우와 승길은 달리 불평하지 않고 귀를 기울였다. 산을 오르는 게 고되니 색다른 재미가 필요했다.

"그 나무, 달이랑 연관 있어."

정원이 말했다.

"그러니 보름달이 뜰 때 더 효력이 있는 거지."

어디까지나 출처 없이 떠도는 허무맹랑한 도시 괴담 같은 거였다. 떠난 사람과 재회하여 비로소 그 사람으로부터 비롯한 슬픔이 사라진다는 말은 거짓말이 분명하다. 단순한 미신, 어쩌면 질 나쁜 장난. 굳이 분류하면 전설에도 속하지 못할 시시한 의식이나, 친구들 사이에서 우스갯소리로도 나누기 어려운 옛날이야기 그 자체였다.

……그런데 왜 믿고 싶어지는 걸까?

간절한 무언가가 있는 사람이라면 허황된 이야기에도 기대고 싶어지는 건가. 정원이 적재적소에 알려 준 의식을 치르면 정말로 기적이 일어날 것 같았다. 그리운 사람이랑 짧게나마 만날 수 있다는 이야기를 믿고 싶어지는 게 어처구니없었지만 앞으로 내내 곱씹으리란 것을 알았다.

연우는 숨을 길게 들이마셨다가 내쉬었다. 그러고는 미선나무, 미선나무, 하고 두 번 중얼거렸다.

슬픔이 사라졌느냐면, 아니었다.

그러나 나무의 이름을 잊지 않으려고 자꾸 의식했다. 그러다가 이런, 하고 난처해했다. 한동안 속으로 낯설지만 익숙한 나무의 이름을 부르게 생긴 것이다.

"있잖아. 그날, 누가 돌아가신 거였어?"

그래서 연우는 승길에게 한 번도 묻지 않은 것에 대해 꾸미거나 둘러대지 않고 질문했다. 두 사람이 처음 만난 날 어떤 사람이 떠났기에 장례식장에 있었던 거냐고 드디어 물었을 때 승길은 연우가 그걸 물어봐 주길 한참 기다렸다는 듯 곧바로 대답했다.

"할아버지. 어릴 때 잠깐 할아버지 댁에서 지냈어서 나한텐 아빠 같은 분이야."

줄곧 생각하고 있기라도 한 것처럼 가라앉은 목소리였다.

"넌?"

"난 엄마."

"보고 싶어?"

연우는 머뭇거리다가 고개를 크게 끄덕거렸다. 그러고는 그동안 애써 외면했던 마음을 다시 꺼내 들여다보았다. 보고 싶어. 아직도 엄마가 어딘가에 살아 있는 것 같아. 그렇다고 믿고 싶어. 분명히 장례식장에서 수의를 입은 엄마를 봤는데도.

연우는 속말을 삼키며 긴 숨을 내쉬었다.

카오스가 병원을 탈출했다는 소식을 들은 건 바로 다음 날이었다.

병원 원장으로부터 직접 연락을 받자마자 연우에게 알린 아빠는 카오스의 실종이 자신의 잘못인 것처럼 미안해했다. 갑자기 갇혀 지내게 되어 우울하거나 불안했던 걸지도 모른다는 수의사의 말을 전하는 아빠에게 연우는 아무 말도 하지 못했다. 유리문 너머 바깥세상을 갈망하며 호시탐탐 기회를 노렸을 카오스가 머릿속에 그려졌다.

갑갑하겠지만 조금만 견디라고 말하고 온 게 지난 주말이었다.

동생이자 친구가 생긴 것이나 다름없었는데 한순간에 카오스를 잃어버리고 말았다. 모든 우연이 거짓말처럼 카오스의 탈출을 도왔는데, 귀 소독을 위해 안아 들었던 5년 차 수의간호사의 느슨해진 경계심이 기폭제가 되었다. 줄곧 얌전하고 온순한 모습을 보이다가 빈틈을 비집고 날쌔게 뛰어오른 카오스의 움직임은 동물병원에 있는 사람들에게 큰 충격을 안겼다. 마침 열려 있던 중문과, 개를 안은 손님이 들어서며 활짝 연 출입문 등 카오스가 재빨리 도망칠 수 있는 조건이 갖춰진 것은 그야말로 고양이의 신이 도왔다고 할 수 있었다.

퇴근 후에 꼬박꼬박 병원에 들렀다 오곤 하던 아빠만큼 카오스에게 관심을 주지 않은 연우는 얼굴이 화끈거렸다. 단단히 잘못한 기분이었다. 매일 밤 아빠와 카오스에 대한 이야기를 나누었는데, 실은 그것만으로는 부족했던 것이다.

"카오스를…… 신경 못 썼어, 그동안."

주저하던 연우는 승길에게 가장 먼저 소식을 알렸다. 교실에서 만나 급식실로 이동하던 승길은 지난밤의 연락 때문에 잠을 조금 설친 것 같았다.

"왜 떠났을까. 왜 이렇게 다들 한꺼번에……."

잠자코 듣고 있던 승길이 고갯짓으로 급식실 바깥을 가리켰다. 왔던 길을 되돌아 걸으며 두 사람은 아무 말도 하지 않았다.

"슬퍼?"

승길이 한참 만에 물었다.

"화나."

하늘을 올려다보며 연우는 한숨을 쉬었다.

카오스에게 왠지 빚을 진 기분이 들었다. 엄마가 죽었다는 사실과, 어딘가에 살아 있을지도 모른다는, 품고 있는지도 몰랐던 헛된 희망은 연우를 화나거나 슬프게 하지 않았다.

그러나 카오스를 잃자마자 미뤄 둔 슬픔이 밀려왔다. 슬픈데도 잘 살아 보려고 하는 아빠를 떠올리면 다 포기하고 싶어지다가도 오직 생각으로만 그친다. 괴로워졌다 참을 만하기를 반복한다. 이 굴레 안에서 승길과 알게 되어 가까워진 건 행운일지도 모른다고 여기던 연우는 순간 미간을 구겼다.

행운이라니, 그런 말이 지금 상황과 어울릴 리 없잖아.

"똑똑한 애니까 별일 없을 거야."

몸을 조금 수그린 승길이 눈을 맞추며 말했다.

몇 번 밥을 챙겨 주며 봐 온 카오스는 적당히 거리를 유지하면서도 든든히 배를 채울 줄 아는 영특한 고양이였다고도 덧붙였다. 어디서든 잘 지낼 거라는 그 말이 별로 와닿지 않았다.

"너무 걱정하지 마."

하지만 승길의 단단한 목소리가 어떤 마찰이나 감전을 일으켜 연우의 분노를 가라앉히는 것 같았다.

카오스와 백승길. 말랑하고 따뜻한 누름돌과, 다정하고 키 큰 누름돌. 모든 슬픔을 눌러 준다. 온갖 불안을 꽉 눌러 부피를 줄여 주는 고양이와 사람을 만났는데, 그중에서 카오스라는 누름돌을 잃고 말았다.

"이연우."

승길이 화제를 돌리려는 듯 시간을 두고 물었다.

"넌 혼자 어떻게 버텨? 그러니까, 힘들 때. 뭔가 다 싫어질 때."

연우는 망설이다가 입을 열었다.

"일기를 써. 매일 썼는데 거의 반성문이 돼서 이젠 잘 안 쓰게 돼."

"반성문?"

"'엄마한테 더 잘할걸.'이나 '아빠한테 짜증 부리지 말았어야 했는데…….' 같은 거."

"아하."

승길이 이해한다는 얼굴로 연우의 눈을 바라보았다.

"오늘은 카오스에 대해서 써 봐. 단 반성하진 말고."

이해받고 있다는 느낌이 들면 수다쟁이가 되고 만다. 그래서 연우는 묻지 않을 수 없었다.

"너는?"

승길이 어깨를 살짝 으쓱했다. 잠시 주저하는 기색이던 승길의 입에서 생각지도 못한 말이 나왔다.

"난 빵 사 먹어. 원래 자주 먹었지만 요샌 더 많이 먹어. 빵돌이 거든."

진지하게 대꾸한 승길이 손가락을 하나하나 꼽기 시작했다.
　"단팥빵 같은 기본 빵도 좋아하고 소금빵, 카스텔라, 피자빵, 퀸아망, 에그타르트, 올리브치아바타 등등. 다 좋아. 케이크도, 타르트도 무지 맛있지."
　"이런."
　연우는 속이 물리는 기분에 혀를 내둘렀다.
　"난 빵 많이 먹으면 금방 질리던데."
　"이런."
　두 눈을 동그랗게 뜬 승길이 헛숨을 들이켜며 놀라워했다.
　"너 같은 사람은 처음 본다."
　"나도 마찬가지야."
　연우는 신기하다는 듯 승길을 바라보았고, 승길 또한 뺨을 긁적이며 신기하다고 중얼거렸다. 이렇게나 다른 사람인데 친해지다니. 조용히 놀라워하는데 승길이 말을 툭 던졌다.
　"근데 네 얘기 들으니까 나도 갑자기 일기 써 보고 싶다."
　"써 봐."
　"검사받을까?"
　"누구, 나한테?"
　"응."
　"됐어. 무슨 초등학생도 아니고. 그리고 나한테 검사를 왜 받아, 네 일기인데."

모든 희망이 없어진 기분에 휩싸였는데 거짓말처럼 나아진다. 승길과 얘기를 나눌 때면 이상하게도 어떤 상황에서든 편했다. 알게 모르게 가라앉아 있던 날에도 바닥을 치지 않을 수 있던 건 한 사람 덕분이다.

"그날 우리가 마주쳐서 다행이야."

입술만 달싹이던 연우는 어렵사리 말문을 열었다.

"같은 시기에…… 비슷하게 슬퍼하는 친구가 있는 게, 왠지 든든해. 미안해."

"아냐, 나도 그래."

승길이 고개를 저었다.

"그리고 미안하다고 하지 마. 우린 같은 고양이 밥도 챙겨 준 사이니까."

왠지 모를 안도감이 둘을 에워쌌다. 투명한 보호막 안에라도 들어간 것 같다. 연우는 조그만 숨을 내쉬었다.

사는 건 수고로운 일. 애도하는 것도 마찬가지다. 그만하고 싶은데 좀처럼 쉽지 않다.

"있잖아."

불쑥 궁금해졌다.

"그때…… 할아버지 보내 드리고 나서 슬펐어?"

"응."

왜냐면, 하고 승길은 조금 사이를 두고 말했다.

"제대로 인사 드리질 못했어. 일부러 안 갔었거든. 돌아가시기 전날 밤에, 왠지 무서워서…… 병원에 못 갔는데 나 빼고 친척 누나, 형, 동생들 거의 다 인사하러 갔을 거야. 그날 밤이 할아버질 뵐 수 있는 마지막 날이 될 줄은 몰랐어."

"……."

"의식하지 않으려고 했던 것 같아. 할아버지가 돌아가셨단 게 믿기지 않아서. 그게 계속 후회돼. 그래서 고양이 밥 주는 일에 갑자기 매달린 걸지도 모르고."

"혹시 너도……."

연우는 마른침을 삼켰다.

"할아버지가 살아 계신 것 같아?"

"……무슨 뜻이야?"

"그러니까, 좀 이상한 말 같겠지만……. 난 엄마가, 아니 엄마 혼이라고 해야 하나 엄마의 영혼 같은 게 아직 멀리 떠나지 않은 것 같아."

"여기 계신 것 같아?"

"응."

그렇게 대답한 연우는 금방 후회했다. 솔직하지 말걸. 이상한 아이로 여기고 거리를 둔다 해도 할 말이 없었다.

제때 애도하지 못하면 이상해지는 걸까. 후유증 같은 기분을 겪어서 한없이 무거운 상상에 이끌리는 건가. 그다지 슬프지 않았던 건 실은 있는 힘껏 죽음을 외면한 탓이고, 못내 신경 쓰여서 지금 이렇게 죄책감에 시달리는 걸까. 미안하면서도 엄마가 아직 진정으로 떠나지 않았다고 느끼는 감정의 수순이 기막히고 싫었다. 내 슬픔은 왜 시차를 달리해서 찾아왔을까. 보통 사람들처럼 알맞은 때에 오면 좋았을 텐데.

"……그럼."

가만히 바라만 보던 승길이 말했다. 그 목소리는 또 단단한 누름돌이 되어 연우의 뒤숭숭한 마음을 잠재웠다.

"다시 잘 보내 드려 보자. 넌 엄마, 난 할아버지를. 보름달 뜨는 밤에, 계수나무 아래에서."

그날 밤 승길이 전화를 걸어 왔다. 비밀스러운 일을 꾀하고 기약하기에 좋은 늦은 밤에.

"여보세요."

─우리 정말로 해 보는 거다?

"뭐?"

─달 뜬 밤에, 계수나무 아래 그거.

휴대폰 너머에서 승길이 다시 한번 꿋꿋하게 제안했다.

─제대로 보내 드리고, 정리하자. 힘들지 않게.

"……네 말은."

연우는 적당한 말을 골랐다.

"주술을 해 보자고? 정원 오빠가 알려 준 거?"

— 그게 주술인가?

"그런 셈이지."

— 마법이라고 치자.

그 말이 그 말 아닌가.

하지만 연우는 휴대폰을 쥔 손에 힘을 주며 고개를 끄덕였다.

"그래. 부려 보자, 마법. 근데 우리 자세한 절차는 모르잖아."

— 안 그래도 형한테 물어봤어.

이토록 실행력이 빠른 애라니. 연우는 믿음직한 친구의 나지막한 목소리에 귀를 기울였다.

— 촛불을 붙이고, 고인의 사진을 시계 방향으로 세 번 쓰다듬으면서, 오세요, 하고 빌면 된대.

"오세요?"

— 응, 오세요.

와 달라고 했다고 정말로 와 주면, 그러기만 해 준다면 뭐든 할 수 있을 것 같다.

전화를 끊은 연우는 아빠가 자주 하는 손짓을 해 보았다. 오늘 밤 공을 던지라는 제스처는 단순한 몸짓이 아니었다. 연우의 엄마와 승길의 할아버지 영혼이 아직 이쪽 세상 근처에서 머물고 있다면, 조만간 연우와 승길이 마법을 부릴 때 바로 건너와 달라고 까딱이는 당돌한 손짓이었다. 부디 다시 뒤돌아 오시라는 뜻을 그들이 놓치지 않고 알아보길 바랐다. 이건 손을 가지런히 모으지 않고 올리는 기도니까.

그때 휴대폰 화면이 켜졌다.

- 준비물 -
양초 2개
라이터
보조 배터리 (없어도 될 것 같은데 혹시 모르니까.)
간식 (물, 초콜릿이나 시리얼 바 같은 것. 음료수도 ○)

잠들기 전 승길이 보내 온 메시지에는 그날을 위한 준비물이 적혀 있었다. 집에 포장지도 뜯지 않은 양초가 잔뜩 있으므로 양초는 연우의 담당, 라이터와 간식 등은 승길이 가져오기로 하고 대화가 끝났다.

그러나 연우는 쉽게 잠들지 못했다. 뭐가 더 필요할까. 손전등은 휴대폰 불빛으로 충분할 테고 만일의 사태를 대비하여 구급상자를 털어 가는 게 좋을지도 모른다. 반창고나 모기약, 연고 같은 것. 하지만 꼭 필요한 게 또 있는 것 같은 기분이 찜찜하게 남아 연우의 잠기운을 몰아내고 있었다.

"……아, 사진!"

연우는 벌떡 일어나 베개 옆에 둔 휴대폰을 집어 들고 메모장을 켰다.

엄마 사진
백승길의 할아버지 사진
이왕이면 영정 사진 말고 각자 제일 좋아하는 사진으로…….

그제야 안심한 연우는 다시 누우며 잠을 청했다. 감은 눈 속에서 승길이 메신저에 마지막으로 남긴 하품하는 고양이 이모티콘이 떠올랐다. 카오스는, 그 녀석은 지금 어디에 있을까. 멀리서부터 밀려오는 졸음이 끝없는 걱정 위로 포개졌다.

🐾

결전의 날이 왔다. 누구와 승부를 내는 싸움이 아닌데도 두 사람은 만나자마자 이기자, 하고 말했다. 어쩌면 이겨 내자,라고 말한다는 게 잘못 나온 걸지도 모른다.
금요일에서 토요일로 넘어가는 늦은 밤. 학교 근처 편의점 앞에서 만난 연우와 승길은 다부지게 쥔 주먹을 맞부딪혔다. 걸릴 경우에 외부인으로 의심받지 않으려고 둘 다 체육복 차림이었다.
"가자."
연우가 먼저 운을 뗐다.

승길은 처음으로 웃음기 없는 얼굴로 고개를 끄덕이며 뜬금없이 아자, 하고 말했다. 연우는 자기만 믿고 따라오라고 호기롭게 말했지만, 학교까지 가는 길이 평소보다 길게 느껴졌다.

"진짜 간다."

학교 앞에 도착한 연우는 비장하게 속삭이고는 담벼락에 한 발을 올렸다. 승길은 연우가 잘 넘어가게끔 부축해 주곤 가방을 고쳐 멨다. 오늘 밤을 위해 특별히 신고 온 새 신발로 벽돌을 딛고 무사히 착지했다. 의도하지 않았지만 히어로처럼 땅바닥에 내려선 연우는 얼른 주변을 훑었다. 뒤이어 들어온 승길이 넘어왔다 넘어왔어, 하면서 작은 목소리로 호들갑을 떨었다.

"쉿."

입술에 검지를 대 보인 연우는 교문 너머와 안쪽을 빠르게 살폈다. 다행히 수위 아저씨는 보이지 않았다. 평일 늦은 시간이라 거리에 오가는 사람도 거의 없었다. 가끔 배달 오토바이가 학교 앞 도로를 달리며 지나갈 뿐 고요했다. 하지만 교내 CCTV 영상에 오늘 밤의 월담 사건이 반드시 기록될 것이므로 최대한 가로등 불빛이 닿지 않는 쪽에 붙어 일렬로 살금살금 걸었다.

오늘 일을 선생님들한테 걸리면……. 학교가 발칵 뒤집어지지는 않고 교무실이 잠깐 떠들썩해지는 데 그치려나. 아빠는 난생처음으로 담임으로부터 학교에 오셔야겠다는 연락을 받게 될지도 모른다. 아니면 그보다 동네 파출소에 가야 할 수도 있겠다.

상상이 최악으로 치닫기 전에 연우는 승길을 바라보며 호흡을 가다듬었다.

"떨린다."

"나도."

자정이 가까운 한밤중 기숙사도 없는 학교에 몰래 들어온 간 큰 학생이 또 있었을까.

"잘 오고 있어?"

인조 잔디 구장을 가로질러 농구대를 지나는 동안 연우가 소리 죽여 물었다.

"응."

한 발 뒤에서 따라오는 승길이 약간 떨리는 목소리로 뒤에 있음을 알렸다. 이를 어쩐다, 어떡하지, 속으로 초조해하면서도 연우는 세종대왕상이 있는 방향으로 멈추지 않고 걸었다.

깊은 밤에 학교에 몰래 들어오다니. 그것도 겁 많은 둘이서. 뒤늦게 슬프고 외로워서 단단히 돌아 버린 것처럼.

밤이 내려앉은 학교가 으스스한 건 둘째 치고, 기다리던 사람들이 마지막으로 얼굴을 비추러 오지 않을까 봐 두렵다. 시시한 미신을 믿을 만큼 간절한데, 오지 않을 건가. 왜 안 와, 하고 벌써 따지고 싶은 마음이 치밀어 오른 연우는 일단 자신만 믿고 따라오라고 했지만 점점 자신이 없어졌다. 승길도 마찬가지였는지 휴대폰 플래시 불빛을 손가락으로 살짝 가리면서 들키면 어떡하지,

하고 속삭였다.

"들키면 들키는 거지."

연우는 주변에 아무도 없는 게 확실한 것 같아도 쉽사리 목소리를 키우지 못했다.

계속해서 과감하게 걸음을 옮기는 두 사람의 뒤로는 빛 한 점 없이 어두워서 그림자마저 지지 않았다.

겁이 나는 한편 웃음도 실실 나왔다. 연우보다 겁이 많은 승길이 천천히 가, 하면서 옷소매를 잡아당겼다. 여동생이 둘이나 있다는 말을 듣고 나서 늘 듬직하게 여겼는데 오늘 보니 의외의 면모가 많았다. 승길과 알고 지내면서 처음 듣는 목소리여서 연우는 내심 들떴다.

그런 연우를 알아차린 승길이 조그맣게 의아해했다.

"이제 안 무서워?"

"응. 괜찮은 것 같아."

의젓하게 대꾸한 연우는 서둘러 눈썹을 찡그리며 정정했다.

"아니다. 다시 무서워지려고 해. 나 일부러 교실 창문 쪽은 안 보고 있어."

"……나도."

"얼른 하고 가자."

"달 되게 밝다."

"구름도 없어."

연우와 승길은 때가 온 것을 직감했다.

"시작하자."

둘은 동시에 고개를 끄덕였다.

"지금이야."

어떤 기회는 단 한 번만 찾아온다.

승길이 단호한 얼굴로 하늘을 올려다보았다. 마법의 시간이다.

계수나무 아래에서 연우는 에코백에 챙겨 온 양초를 두 개 꺼냈다. 그리고 구겨질까 봐 파일 안에 고이 넣어 온 엄마 사진을 조심히 꺼내 들었다. 사료를 먹는 길고양이 서너 마리를 흐뭇하게 바라보는 엄마의 옆모습으로 아빠가 아끼는 필름 카메라로 찍어 인화한 사진이었다.

승길은 가족 외식 중에 찍은 듯한 단체 사진을 가져왔는데, 오붓한 가족 사이에서 할아버지의 희끗하게 긴 수염이 시선을 끌었다. 어둠 속에서 서로 다른 사진 두 장이 같은 빛깔로 반짝이는 것 같았다.

승길이 떨리는 손으로 라이터 부싯돌을 몇 번이나 돌리고 나서야 불이 붙었다. 라이터의 작은 불꽃은 태어나 본 여러 불꽃 중에 가장 커다랗게 보였다. 수련회나 수학여행에서 보는 모닥불보다 크디큰 불이 하얀 양초의 심지를 태우며 길쭉해졌다. 춤추듯 일렁이는 촛불을 보며 연우는 입을 열었다.

"……오세요."

웃고 있는 엄마의 옆모습을 오른손으로 천천히 쓰다듬는 손길이 미세하게 떨렸다.

"오세요."

승길의 곧은 긴 손가락도 제 할아버지의 사진 위를 동그랗게 어루만졌다. 그러고 나서 두 사람은 동시에 입을 모아 촛불을 껐다.

이윽고 풀벌레 우는 소리가 이어졌다. 어둠 속의 계수나무를 올려다보던 연우는 가로등 불빛이 닿지 않는 이곳저곳을 번갈아 봤다.

"될까?"

시간이 좀 더 지나 봐야 알겠지만 연우는 어쩔 수 없이 야금야금 조급해졌고, 승길은 웬일인지 차분한 얼굴로 아무 말도 하지 않았다.

"뭐 좀 보여?"

"……."

"백승길. 뭐라고 말 좀 해 봐."

"말."

"그런 말 말고."

그때 갑자기 승길이 백팩에서 검은 비닐봉지를 꺼냈다. 바스락거리며 꺼내 든 건 일회용 랩으로 돌돌 포장한 하얀 떡이었다.

"웬 떡이야?"

떨떠름한 연우의 물음에 승길이 가방 지퍼를 도로 닫으며 덤덤히 말했다.

"할아버지가 좋아하시던 거였어. 술떡. 이따 같이 먹자."

"그래."

둘만의 비밀 의식 후에 떡을 먹는다니, 거의 완벽한 밤이 아닌가. 연우는 다시 들뜨는 마음을 가라앉히려고 노력했다.

날벌레가 기웃거리는 모양인지 무릎 언저리며 목덜미가 간지러웠다. 그리고 아무 일도 생기지 않았다. 특별한 징후 같은 건 없었다. 영화에서처럼 시공간이 뒤틀린다거나 공기의 흐름이 달라진다거나 하는 변화는 당연히 없고, 멀리서 가끔씩 자동차 엔진 소리만 들릴 뿐이었다.

작게나마 품었던 희망의 불씨가 사그라들었다. 미지의 영역으로 열어 두었던 가능성의 문이 닫혔다. 연우는 캄캄한 학교에서 쪼그리고 앉아 있는 이 밤이 왠지 우스워졌다.

"이게 뭐야."

기대를 안 했다면 거짓말이다. 엄마가 나타나길, 승길의 할아버지도 들렀다 가길 기다렸다. 삭아서 없어지는 건 양초에 붙은 불꽃만이길 바랐다. 연우는 뚱한 얼굴로 집에 갈 채비를 했다.

"미신이었나 봐."

"음."

둘은 얼떨떨한 얼굴로 학교를 돌아보았다. 그쪽은 보지 않기로 각자 결심했지만 실망감이 두려움을 앞질러서 어둠에 잠긴 교정을 자꾸 둘러보게 됐다.

"바보 같다, 우리. 좀 멋있고."

승길이 가방 지퍼를 닫으며 중얼거렸다.

"뭐가 멋져."

"해 본 거랑 안 하는 거랑은 다르니까."

연우는 대답하지 않고 주변을 휘 둘러 살펴보았다. 5층짜리 건물이 야속하게 보였다. 희미하게 웃고 있는 세종대왕상도 얄미울 지경이다.

아옹.

기운이 다 빠져 집으로 돌아갈 힘조차 없다는 생각이 든 그때 어디선가 들려온 울음소리에 소스라치게 놀란 두 사람은 하마터면 넘어질 뻔했다.

"뭐야?"

"……고양이네."

와 주길 바란 영혼은 오지 않고 웬 고양이가 찾아오다니, 헛웃음이 나왔다. 유치한 의식을 고양이에게 들키고 말았다. 허탈해하며 웃던 승길의 두 눈이 점차 커졌다.

"어?"

자세히 보니 낯익은 고양이였고, 이 고양이의 이름은,

"카오스!"

덩달아 놀란 연우는 저도 모르게 목소리를 높이고 말았다.

귀를 쫑긋한 고양이가 새침하게 돌아보았다. 섣불리 다가갔다가 도망이라도 칠까 봐 두 사람은 발만 동동 굴렀다.

"어쩌지."

"하필 이런 때에. 꼬실 간식도 안 가져왔는데."

잠시 대치 상태였던 그들 중에 가장 먼저 움직인 건 카오스의 꼬리였다. 꼬리를 바짝 세운 카오스가 도도도 다가와 앙칼지게 한 번 울었다. 중고 거래 어플에 고양이를 찾는다는 글을 올리고, 동네 길목마다 전단지까지 붙이게 만든 장본묘는 게슴츠레 뜬 눈을 깜빡여 보이기까지 했다.

"너 어디 갔었어."

그보다 네가 왜 여기에 있어. 여기는 동물병원에서도 멀리 떨어져 있는 학교인데. 연우는 묻고 싶은 말이 많았지만, 카오스는 이내 둘에게서 시선을 거두고는 뒷발로 제 목 뒤를 긁어 댔다. 네가 가진 궁금증 따위는 내 알 바 아니다, 그런 태도여서 연우는 멍하니 웃고 말았다.

카오스를 꾀어 내서 집이든 동물병원이든 데리고 갈 방법을 고심했지만 딱히 뾰족한 수가 떠오르지 않았다. 탈출 전적이 있는 길고양이를 포획 틀 없이 잡는 건 어려운 일이다.

"기다려."

잠시 후 발길을 돌리려는 카오스에게 연우는 조용히 애원했다.

"가지 말아 봐. 일단 우리 집에 가자. 아빠도 너 엄청 찾았어. 어쩌면 우리 같이 살 수 있을지도 몰라."

부른다고 해서 오지 않을 고양이라는 걸 알지만 속이 탔다. 승길도 옆에서 카오스의 주의를 끌려고 부단히 애를 쓰며 말을 걸었다.

"미안해. 우리 집엔 사람이 너무 많이 살아. 널 데려오고 싶어도 집이 꽉 차서…… 동생들만으로도 벅차서."

마음이 급한 승길이 혀를 차며 얼러 봤지만 카오스는 두 사람의 손이 닿지 않을 거리를 유지하며 여유롭게 앞발로 주둥이를 닦아 낼 뿐이었다. 연우가 혹시나 하는 마음에 한 발 떼자, 귀를 납작하게 눕힌 카오스가 서너 발자국 물러났다.

"이리 와, 카오스."

"어쩔 수 없다. 그냥 두자."

먼저 포기한 건 승길이었다. 승길이 조심스럽게 연우의 손목을 잡았다가 놓으며 말했다.

"고양이는 원래 내버려두면 저 혼자 오기도 하니까."

자기가 와서 맴돌게 하자, 그렇게 말을 이은 승길은 내심 카오스를 다시 만난 게 반가운지 웃었다. 달밤에 미소년의 미소를 보다니. 연우는 무심코 생각했다가 아차 싶었다. 하지만 생각은 이미 마침표를 찍고 인쇄된 책자의 문장처럼 연우의 가슴에 선명하게 박혀 지워지지 않았다. 슬픔과 아쉬움과 설렘이 한꺼번에 찾아와 정신이 하나도 없었다. 세수를 끝마친 카오스는 이제 뒷발로 턱 밑을 긁기 시작했다. 빛으로 비추어 보지 않아도 카오스의 털이 마구잡이로 휘날리고 있다는 걸 알 수 있었다.

어떻게 이런 밤이 있을까. 자정을 넘어 펼쳐진 순간이 허망하고 귀여워서 오래도록 잊지 못할 것 같다고 연우는 생각했다.

"거기 누구 있어요?"

그때 웬 목소리가 날아들었다.

교문에서부터 그림자가 길게 늘어져 있었다. 학교 앞을 지나가다가 두 사람을 발견한 듯 여자가 이쪽을 바라보며 서 있었다. 철문 위로 솟은 밀짚모자가 희한하다는 생각은 들지 않았다. 그저 이 밤의 일탈을 누군가에게 들키고 말았다는 사실에 연우와 승길은 지레 겁을 먹었다.

어떡해?

입 모양으로 묻는 연우에게 승길은 가만히 손을 뻗어 몸을 낮추게 했다. 서둘러 휴대폰 손전등 기능을 끄고 여자가 지나가기만을 기다리는데 심장 박동 소리가 귓전에서 울리는 것 같았다.

"……갔다."

고개를 내밀어 교문 쪽을 살핀 승길이 손짓했다.

"우리도 슬슬 가자."

"그러자."

다시 손전등 기능을 켠 연우가 어, 하고 소리쳤다.

"카오스가 없어졌어."

"뭐?"

순식간에 자취를 감춘 카오스 때문에 연우는 울상을 지었다.

"……그새 어디 간 거지."

빠른 걸음으로 주변을 살펴보고 온 승길이 고개를 저었다.

"어두워서 안 보인다. 날 밝으면 와서 다시 찾아보자. 멀리 안 갔을 거야."

"이게 뭐야."

"일단 가자. 내일 아침 일찍 오자."

아쉬워서 눈물이 다 나올 뻔한 연우는 미련을 버리지 못하고 화단 쪽을 뚫어져라 보았지만 고양이의 꼬리조차 보이지 않았다. 두 사람은 종종걸음으로 학교를 벗어나다가도 몇 번이나 뒤를 돌아보았다. 차마 발길이 떨어지지 않아서 멈췄다 걷기를 반복하며 모퉁이를 돌았다. 끄트머리에 서운함이라도 눌어붙어 있는 듯 두 사람의 그림자가 길쭉하게 늘어나며 멀어졌다.

살아 있는 이들이 학교를 벗어나며 대화 소리가 잦아들자 다시 고요가 찾아왔다. 운동장의 인조 잔디 위로 조그만 모래바람이 불었다. 동그랗게 회오리치는 바람 사이로 아주 귀를 기울여야만 들을 수 있는 목소리가 메아리치듯 이어졌다.

안녕.

안녕히.

늦은 밤 학교 운동장에서 전한 작별 인사가 소리 없이 이쪽에서 저쪽으로, 저쪽에서 이쪽으로 흘러갔다. 그 인사가 잘 가닿는 모습을 둥근 달과 계수나무와 고양이 한 마리가 지켜보았다.

잠잠한 교정 한구석에 가만히 앉아 있던 카오스는 특유의 느른한 표정으로 눈을 감았다 뜨고는 앞발을 뻗어 기지개를 켰다. 그러다가 허공을 보며 꼬리를 세웠는데 꼭 누군가를 본 듯 아옹, 하고 작게 두 번 울었다.

참을성 있고 사랑 많은 고양이도 이제 떠날 시간이다. 여기에서의 볼일이 끝났음을 알고 돌아서는 카오스의 뒷모습이 어둠에 묻혔다. 조그만 보폭과 통통 뛰는 걸음걸이는 눈여겨볼 만한 귀여움이지만 아쉽게도 지금은 깊은 밤. 조그맣고 동그란 불빛 한 쌍이 어둠을 읽는 동안 수령이 오래된 계수나무의 잎사귀가 바람결에 흔들렸다. 누군가 입술을 모아 있는 힘껏 불기라도 한 듯 작은 바람이었는데, 시간과 공간을 초월하여 거꾸로 불어온 바람 같았다. 이를테면 어느 여름의 산에서 누군가 휘파람이라도 불려고 긴 숨을 들이마셨다가 내뱉은 입바람 같은.

마법의 시간은 정시에 끝나지 않는다는 것을 아는 고양이의 이름은 카오스. 모든 사랑을 알고 많은 죽음을 배웅해 온 고양이의 이름다웠다.

신의 정원

"거기, 도깨비바늘 좀 뽑아 주렴."

가까이서 등을 보인 채 앉아 있는 신이 나지막한 목소리로 부탁했습니다.

"네에."

나는 이마에 흐르는 땀을 느끼며 고분고분하게 대답했습니다.

누군가 본다면 왜 한여름 낮에 잡초를 뽑고 있느냐고 물을지도 모르겠습니다만, 말하자면 이야기가 조금 길어집니다. 나는 말주변이 별로 없는데도요.

어떻게 된 일이냐면, 이렇게 된 일입니다.

한 시간 전 나는 버스 터미널에 내리자마자 휘파람을 불었습니다. 기쁘거나 홀가분해서 부는 휘파람은 아니었습니다. 그럴 기분이 전혀 아니었으니까요.

그럼에도 휘파람을 분 건 그날 이후 엉망인 기분을 바람에 휘휘 날려 버리고 싶었기 때문입니다. 줄곧 그런 마음을 담아 바람을 만들어 왔죠. 실없는 짓을 할 때는 거창하거나 싱거운 이유가 실체 없는 손이 되어 등을 확 떠밀기도 하니까요. 나는 키는 크지만 마른 편이어서 어떤 힘에 잘 밀려 나아가기도 하고요.

내가 입으로 불어서 바람을 일으키는 이유는 별거 아닙니다. 내 속에서 '얘, 정원아, 뭐 하니. 주위 시선 같은 건 상관 말고 휘파람이나 불어라. 오늘 기분 완전 구리니까.' 하는 목소리가 들리는 나는 제정신이 아닌 걸까요.

아무리 입술을 모아 힘주어 숨을 내쉬어 보아도 쉭쉭, 하는 초라한 소리만 날 뿐이었습니다. 그다지 잘 불지 못하면서도 휘파람을 부는 이유는 또 있는데, 소리 나는 바람을 만드는 순간 뱀이든 불행이든 앞다퉈 와 줄 것 같아서, 그런 어처구니없는 생각 때문에 굳어진 습관이기도 합니다. 이상한 믿음이라고, 엉뚱한 사람이라고 비웃어도 괜찮습니다. 세상을 살아가는 사람은 어딘지 모르게 희한한 구석이 조그맣든 크든 있지 않던가요. 고등학생이어도 세상의 이치는 대체로 깨우쳤습니다. 어른들이 말하는 철든 아이가 바로 나, 유정원이라고 할 수 있겠습니다.

개 눈에는 똥만 보인다는 말을 아는지요. 확실히 시대착오적이며 개에게 실례인 속담이지만 어려서부터 사자성어와 속담 모음집 탐독하기를 좋아해서 차곡차곡 수집해 온 내가 제일 처음으로 외운 옛말입니다. 개 눈에는 똥만 보이고, 고양이 눈에는…… 걔네 눈에는 뭐가 보일까요? 역시 쥐일까요?

아무튼 세상의 모든 철든 아이 눈에는 삶이라는 파도가 실어 나른 깨달음이 한 덩이씩 보이기 마련입니다. 행운보다 불행이 익숙한 나는 모든 불길한 상징과 악재에도 눈 하나 깜짝하지 않을 자신이 있습니다. 근거 없는 자신감이라고 놀려도 좋습니다. 나는 누구보다 불행을 기다리고 있는 사람. 그렇다고 위기 속에서 단단하게 자라난 건 아니라서 물러터지거나 생채기가 난 열매처럼 흐물거리는 고등학생입니다.

멀리 와서까지 휘파람을 계속해서 불어 댄 건 뱀이든 귀신이든 올 테면 와라 뿅, 그런 마음이었습니다. 한 번도 겪어 보지 않은 종류의 불행이었지만 실제로 맞닥뜨리더라도 아무렇지 않을 것 같았습니다. 나는 삶에 미련이 없었거든요. 그러니까, 일찍 죽고 싶었다, 이 말입니다. 어린 나이에 스스로 죽기로 결심한 사람의 눈에는 뵈는 게 없다고 할 수도 있겠습니다. 요절하는 게 꿈인 학생은 겁이 별로 없습니다.

서둘러 죽고 싶다는 마음이 나를 여름 방학에 산으로 이끌었습니다. 어차피 내 인생은 갈수록 태산. 학교에서 얼결에 가입했다가 좋아하게 된 동아리도 다른 아이들은 대개 기피하는 등산부였고요. 거의 모든 일이 공교롭게도 잘 어긋나곤 해서 아예 기대감을 내려놓고 살고 있다고 해야 할까요? 도깨비도 수풀이 있어야 모인다던데, 나는 수풀이 있어도 마음 놓고 숨어들 수 없습니다. 그렇다고 해서 마구잡이로 외롭지는 않고 많은 순간 무료했습니다.

지루했습니다. 심심했고요.

자주 따분하고 심심한 나는 휴대폰으로 지도 앱을 켜고 크로스백을 고쳐 맸습니다. 삶의 끝맺음 시기를 일찍이 정해 놓았지만 길을 잘 잃고 헤매는 길치여서, 아는 길이어도 몇 번이고 경로를 확인해야 합니다. 확인해도 갈 곳을 몰라서 이리저리 돌아다니곤 하지만요.

여하튼 현수막을 재활용하여 만든 각진 가방 안에는 할머니 할아버지께 드리려고 집에서 몰래 챙겨 온 밤맛 막걸리와 북어포가 들어 있었습니다. 가방 검사라도 당할까 봐 조마조마한 기분이 들었다가 지금 여기는 학교가 아니라 경기도의 한 시외버스 터미널이라는 사실을 상기하며 걸음을 옮겼습니다.

터미널을 빠져나오기 전에는 타일에 물때가 낀 오래된 화장실에 들렀고, 그대로 택시를 타러 가려다가 다시 발걸음을 돌려 편의점으로 향했습니다. 아무리 삶을 지속하려는 의지가 벌초 시기의 잡초처럼 깎여 나간 사람이어도 시시각각 배가 고프기 마련이

거든요.

초콜릿 바와 이온 음료 한 병을 사고 나와서는 다시 한번 휘파람을 불 듯 입술을 모았다가 다물었습니다. 갈 길이 멀다, 하고 약간 한탄했습니다만 어쩔 수 없었죠. 이 모든 일탈은 오롯이 나의 선택이었으니까요.

무엇보다 할머니와 할아버지의 산소까지 가려면 시내버스 혹은 택시를 한 번 더 갈아타야 했으니, 물리적으로도 다소 먼 여정을 오가야 했습니다.

나의 목적지는 산이었습니다. 해발 910미터, 기덕산.

평소에 이렇다 할 운동을 하지 않는 나에게는 꽤 버거운 산입니다. 운동이라고 해 봐야 동아리 활동으로 한 달에 한 번씩 학교 뒷산에 오르는 것이 내가 하는 가장 활기찬 움직임이었습니다.

자발적으로 할머니와 할아버지를 뵈려고 찾은 산은 유난히 높아 보였습니다. 이미 돌아가신 지 오래이지만 봉분을 사이에 두고 들리지 않는 인사를 나눌 수 있겠다는 야트막한 믿음으로 산을 찾았기에 함부로 투정 부리고 싶지는 않았습니다. 낮말은 새가 듣는다지만, 새만 듣는 게 아니니까요. 지나가던 고양이도 들을 겁니다. 어쩌면 그 녀석들이 밤말까지 들을지도 모르겠습니다.

오늘 여기에서 내가 하는 모든 말은 내가 듣기도 하는 거니까, 이왕 산에 온 거 상쾌하다,라거나, 역시 산은 공기가 좋네 미세먼지 주의보가 내려진 날이지만…… 같은 말만 하고자 했습니다.

신의 정원 83

"어어?"

그러나 본격적으로 등산하기 전에 다른 문제가 생기고 말았습니다. 명절마다 다녀서 익숙한 등산로는 인근에서 진행되고 있는 도로 확장 공사 때문에 막혀 있었습니다.

출입이 통제된 길은 관계자를 제외하고는 지나갈 수 없는 법. 산을 오르려고 작정하고 왔으니 어떻게든 다른 길을 찾아야 했습니다.

여기는 길이 맞긴 한가. 아닌 것 같은데 어디로 돌아가야 하나. 다른 길이 있기는 할까. 길을 찾는다 해도 사람이 주로 다니는 길이 아니라서 험준하면 어쩌나. 나 홀로 산행이 위험하다는 것을 아는 나는 씨…… 하며 반절의 욕설을 내뱉었습니다.

……나는 왜 태어났을까.

그리고 길을 잃어버리자마자 나의 속내는 꾹꾹 눌러 왔던 신세한탄으로 새까매졌습니다. 엑스레이 장비로 흉부를 촬영하면 웬일인지 나의 모든 장기가 까맣게 보일 것입니다. 그만큼 속이 타들어 갔으니까요.

가는 길이 장날이군, 나는 망연자실하여 중얼거렸습니다. 길이 없으니 길을 찾아 나서야 하는 기분을 여기에서까지 느끼다니. 나는 한숨이 나오려는 것을 가까스로 참아 냈지만 신경질이 나서 표정이 굳었습니다. 이럴 땐 휘파람을 불거나 단 음식을 먹어도 소용없습니다.

감정의 경사가 급속도로 가팔라지고 기분이 끝도 없이 추락하던 그때. 바로 그 순간이었습니다.

가까이 있는 공장 터를 빙 돌자, 산으로 오르는 또 다른 길을 발견할 수 있었습니다. 돌계단을 뛰어오르던 나는 우뚝 멈춰 섰습니다.

"어라."

멀리서 봤을 땐 길쭉한 돌멩이인 줄 알았던 것의 정체는,

"⋯⋯고양이다."

죽은 고양이였습니다.

그건 처음 겪는 시련이었습니다. 잠자듯이 누워 눈을 감고 있는 검은 고양이는 아직 새끼인 듯 체구가 자그마했는데, 어떻게 하면 좋을지 몰라서 잠시 허둥거리고 말았습니다.

"아니, 어쩌다가⋯⋯."

그렇게 묻던 나는 입을 꾹 다물었습니다.

내가 이른 죽음을 간절히 바랐기에 다른 생명의 너무 빠른 죽음을 목격하게 된 걸까요. 만일 신이 있다면 나에게 본보기로 보여 준 게 아니냐는 말입니다. 너 이놈, 이래도 빨리 죽을래, 하면서 냅다 목숨을 잃은 어린 짐승을 보여 준 거냐고요. 그런 의도로 고난을 연출해 놓은 거라면 세상에 믿을 만한 신은 없는 셈입니다.

아니면 괜히 휘파람을 불어서 귀신도 뱀도 호랑이도 아닌 고양

이의 사체와 만난 걸까요. 어쨌든 산 넘어 산이었습니다.

묻어 줘야 할까, 이왕이면 양지바른 곳에……. 그러지 않으면 산에 오르는 내내 찜찜할 터였습니다. 고양이는 무서워. 하지만 죽은 고양이를 그대로 두고 갈 길을 가는 게 더 무섭지. 복수하는 고양이보다 은혜 갚는 고양이가 차라리 나을 테니까…….

나는 우선 입고 있던 체크무늬 셔츠를 천천히 벗었습니다. 반소매 티셔츠 아래의 맨살에 산바람이 바로 와 닿으니 약간 시원했습니다. 한여름 산속에서 불어오는 바람은 고양이의 털도 어루만지고 지나갔습니다. 그러다 보니 점점 더 작은 고양이의 죽음을 모르는 체할 수 없게 되었습니다. 거기 분명히 고양이가 눈을 감고 있다고 바람마저 알려 주는데 어떻게 무시할 수 있겠어요.

"너 이 은혜 잊지 마라."

겁도 나고 슬슬 짜증도 나서 아무 말이나 지껄였습니다.

"널 챙겨 주는 잘생긴 형 이름은 유, 정, 원,이야."

이미 죽은 고양이를 도와줘서 무엇 하나 싶은 마음이 솟구쳤습니다만, 너무 조그만 고양이의 죽음이 나를 잠깐이나마 상냥하게끔 만들었습니다.

"야옹아."

나는 고양이의 이름을 몰랐으므로 야옹아, 하고 불렀습니다. 온몸이 검은 고양이니까 까망이,라고 할까 하다가 사후에는 그보다 보편적인 이름을 붙여 주는 게 좋을 것 같아 야옹이라고 불렀죠.

"너 묻어 주려는 날 잊지 마. 넌 이미 죽었지만."

만약 나중에 내가 끝내 죽게 되거든 이르게 죽은 네가 나를 반겨 주러 스르륵 나타나 주라, 하고 스리슬쩍 말하니 이미 내가 죽은 것 같아 순간 섬찟해졌습니다. 사실 할머니 할아버지 산소에 온 게 아니라 내 묫자리를 찾아온 게 아닐까, 잠깐 그런 상상도 스쳐 갔죠.

아무튼 죽은 고양이를 묻어 주기로 마음먹고 나니 바람도 다르게 부는 듯했습니다. 사심을 더해 기꺼이 베푼 선행인데, 혹시 기덕산을 이루는 모든 자연이 나의 친절함에 감동한 걸까요.

"웃차."

고양이를 조심스럽게 셔츠 위에 눕혀 돌돌 말아 안고 다시 걸음을 옮겼습니다. 이번에는 조금 더 자신 있게. 주위를 두리번거리는 어리숙한 모습을 누가 보지 않기를 바라며, 터벅터벅.

"여기가 어디지."

무작정 산을 오르다 보니 이번에는 처음 보는 가파른 샛길이 나왔습니다. 등산로가 아니어서 그런지 잡풀이 상당히 우거져 있었죠. 이름 모를 새가 끼에에에엑, 울며 머리 위로 빠르게 날아갔습니다. 저 새는 물까치가 분명하다고 중얼거리며 머리 위의 하늘을 가릴 만큼 울창한 나뭇가지와 푸른 잎사귀 들을 바라보았습니다.

가을 아니면 겨울에나 오곤 했던 산이라 그런지 온통 초록인

숲길이 조금 낯설었습니다. 여기로 올라가도 될까. 역시 위험하지 않나. 잠시 망설이던 나는 에라 모르겠다, 하며 걸음을 내디뎠습니다.

"……올 테면 와 보세요."

듣는 이가 없는 선전포고이자 농담 반 진담 반의 초대이기도 했습니다. 나는 조용히 노래를 부르기 시작했습니다.

"깊은 산속 옹달샘 누가 와서 먹나요."

머릿속에 떠오르는 아무 동요나 부르는 동안에도 죽은 고양이는 한결같이 눈을 감은 채였습니다. 당연한 그 사실이 아주 잠깐 가슴을 덜컹 내려앉게 한 바람에 나는 신나는 동요를 불러야 했습니다.

"뚜비두밥. 뚜비두밥."

지금 생각해 보니 딱히 동요는 아니었지만요.

다시 돌아가서 으스스한 기분을 뒤바꿀 노래를 부르라고 한다면 이 노래를 부르겠습니다. 두 유 리멤버. 트웬티원스 나잇 오브 셉템버.

그때 무언가 다가오는 게 느껴졌습니다. 이번에는 죽은 고양이가 아니라 산 고양이였죠. 언제부터인지 웬 고양이가 다리를 조금 절뚝거리면서 한 발 뒤에서 따라오고 있었는데, 하마터면 나는 안고 있는 고양이를 떨어트릴 뻔했습니다.

동행하는 이가 있었다니요. 그것도 모르는 고양이와의 산행이라니요.

기덕산에 사는 듯한 녀석은 하얀 바탕에 노랑 줄무늬가 멋스러워 보였습니다.

"뭐야?"

나는 놀란 가슴을 쓸어내렸습니다. 낯선 고양이의 등장이 탐탁지 않았습니다. 다시 말하지만 나는 고양이를 무서워했습니다. 지나가다가 길고양이와 마주치기라도 하면 깜짝 놀라서 아아악, 하고 비명을 지르곤 하는 나에게 죽은 고양이와 살아 있는 고양이가 번갈아 가며 나타나다니. 무작정 이상하고 의심스러운 날이라고 할 수 있겠습니다.

놀란 나는 후, 후, 후, 하고 한숨을 끊어 내쉬었습니다. 이상하게도 휘파람을 분 게 아닌데도 명쾌한 소리가 났습니다. 이런 순간에 나를 배반하는 몸이라니, 슬쩍 안타까워졌습니다. 앞으로는 한숨을 쉰다고 생각하며 휘파람을 불어 봐야겠다고 생각하는 한편 저 고양이의 심기를 불편하게 하면 안 되겠다고 조심하며 계속 걸었습니다. 조금 느낌이 이상해서 뒤를 돌아보니 고양이가 변함없이 따라오고 있더군요. 내가 걷다가 멈추면 고양이도 종종 걸어오다가 멈춰서 꼬리만 흔들었습니다.

"왜 따라와?"

아옹아옹, 고양이가 명랑하게 대답했습니다. 말 많은 고양이를 처음 보는 나는 신기한 기분이 들었습니다.

"너 나 알아?"

이번에도 고양이가 뭐라 대답을 했지만, 당연히 무슨 말인지 알 수 없었습니다.

"다리는 어쩌다 다쳤니."

아옹아옹.

"아옹아옹 하다가 다쳤다고? 너 영어권 나라에 사는 고양이였으면, 뮤뮤, 하거나 미야오, 하고 울 걸? 뮤뮤, 할 줄 알아?"

혼자 산을 오르는 게 조금 심심하기도 했고 때아닌 두려움도 달랠 겸 나도 모르게 쓸데없는 말을 늘어놓고 말았습니다.

"밥 먹었니?"

아옹아옹.

"산에 살면 뭘 먹어? 산딸기나 버섯은 못 먹잖아. 아님 쥐 먹나? 다람쥐?"

아옹아옹.

"넌 별로 안 무섭네. 다른 애들은 좀 무섭더라, 야."

아―옹.

말하다 보니 숨이 찼지만 고양이와의 대화가 썩 마음에 들었습니다. 어느 사이에 나를 앞질러 뛰듯이 걷는 고양이의 뒷모습은 길잡이처럼 믿음직해 보이기까지 했죠.

나는 같이 가자고 외치고는 서둘러 산을 올랐습니다. 멀리 할머니 할아버지가 잠들어 있는 봉분과 묘비석이 보이기 시작했죠.

"아, 왔구나."

그리고 웬 밀짚모자를 쓴 여자를 발견했습니다.

양지바른 그곳에 서 있는 보라색 운동복 차림의 여자는 내가 오길 기다렸다는 듯 손을 흔들었습니다. 나는 등줄기에 소름이 확 돋는 걸 느꼈습니다.

지 여자는 사람이 아니다. 이미도.

그런 생각을 하며 다시 속으로 뚜비두밥, 하면서 노래를 불러야 했습니다. 그러지 않으면 비명을 지를 것 같았으므로.

"누구세요?"

모르는 여자 때문에 겁이 났습니다. 한낮인데도 그랬죠.

허둥대고 싶지 않아 간신히 태연한 척했습니다. 아는 사람은 아니었습니다. 먼 친척인가 싶었지만 그도 아니었죠. 혹시 엄마 아빠나 친척이 산소를 가꾸기 위해 고용한 사람인가 생각했으나, 그럴 가능성은 낮았습니다. 할머니 할아버지의 산소는 명절을 한 달 정도 앞둔 무렵이나 아빠가 외삼촌들과 직접 벌초를 했으니까요.

그렇다면 당신의 정체는?

여자에게 보이지 않는 마이크를 내밀며 묻는 나의 모습을 상상했습니다. 그러면서 긴장한 채 우두커니 서 있었죠. 낯선 여자의 눈가며 입가에는 어렴풋하게 미소만 드리워져 있었습니다.

"저기, 누구세요?"

나는 다시 한번 용기 내어 물었습니다.

"저는 여기 잠들어 계신 할머니 할아버지의 손자인데요."

내 소개를 굳이 할 필요는 없었지만, 그렇게 먼저 나를 알려야만 여자가 제 소개를 할 것 같았습니다. 나는 두려워하면서도 다가가는 걸 멈추지 않았습니다.

"여긴 무슨 일이세요?"

어느새 두려움은 사라지고 그 자리에 호기심이 흐릿하게 깔렸습니다. 왠지 가까이서 대화를 나누고 싶은 충동이 드는 건 낯선 여자의 존재가 신기루가 아님을 확인하고 싶은 마음에서 비롯된 것일 테죠. 어쩌면 홀렸다고 볼 수도 있겠습니다.

여자의 콧대 주변에는 주근깨가 바닐라 빈처럼 새겨져 있었습니다. 그 얼굴에 묘한 평온함과 짜증이 스며 있었는데, 그건 여자에게 손님보다는 불청객에 가까운 나를 향한 감정인 듯했습니다.

"조금 늦었지만 잘 찾아왔네."

휘파람을 불었으니, 귀신이든 뱀이든 나타날 테면 나타나라고 초대 아닌 초대를 해 버렸으니 무서워하기만 할 일은 아니었습니다. 불평하고 싶어도 나 자신을 매우 탓해야 하는 상황이었죠. 놀랍고도 억울한 기분이 들어 나도 모르게 한숨이 나왔습니다.

나는 안고 있던 검은 고양이 사체를 조심스럽게 발치에 내려놓았습니다.

"오호."

여자가 듬성듬성한 잔디 위에 놓아둔 셔츠 뭉치를 보고 눈을 반짝였습니다.

"까망이를 잘 데려왔네."

어떻게 알았냐고 묻기도 전에, 역시 이 어린 고양이의 이름으로는 까망이가 제격이구나, 하고 생각했습니다. 한편 까망이라는 이름을 가진 고양이는 방금 내려놓기 전에 한 번 더 셔츠로 돌돌 감싼 상태인데 무슨 수로 셔츠 아래의 고양이를 알아차린 건지 의아하기도 했습니다.

"네가 산 아래에서 베푼 친절은 이 녀석을 살린 셈이나 마찬가지지."

여자가 건네는 말은 억양과 발음이 낯설게 들렸는데, 낮게 그르렁거리는 소리가 깔려 사람이라기보다 우리말을 배운 짐승의 목소리 같았죠.

"우리 치즈는 벌써 만났지?"

나는 턱짓으로 어깨 너머를 가리키는 여자를 따라 살며시 돌아보았습니다.

"마중 나간다더니, 길이 엇갈릴까 봐 걱정했네."

나는 산에 오르는 동안 함께였던 고양이를 내려다보았습니다.

"……치즈."

멍하니 중얼거리자, 제 이름을 왜 부르냐는 듯 치즈가 꼬리를 바르르 떨며 아옹, 하고 울었습니다. 그러고는 태평하게 한쪽 앞발을 들어 핥기 시작하더군요.

"귀여운 녀석."

그 모습을 웃으며 내려다보던 여자가 말을 이었습니다.

"얜 내 심부름꾼인데 발을 다쳐 왔지. 사람 때문이야."

치즈는 대화의 주제가 저를 향한 것을 알아차리기라도 한 듯 정자세로 앉아 우리 둘을 물끄러미 올려다보았습니다. 그리고 여자의 말에 동의하듯 아옹, 아아아옹, 하고 길게 울었죠. 고양이 언어로 풀이하자면 사람이 문제지, 그렇고말고……인 것 같았습니다.

아무 말 없이 치즈를 내려다보던 나는 양심의 가책을 느꼈습니다. 고양이를 무서워해도 해코지를 한 적은 단 한 번도 없으므로 편히 이야기를 들어도 됐습니다만, 치즈를 오래 쳐다볼 수 없었습니다. 사람 때문에 다쳤다는 녀석에게 대신 미안해졌습니다.

그런 나를 알아차린 듯 여자는 금방 화제를 돌렸습니다.

"농사철이야."

"네?"

"잡풀을 틈틈이 뽑아 줘야 돼. 고양이 한 마리 묻어 줄 땅을 미리 잘 봐 두려면."

"까망이를……."

나를 꿰뚫어 보는 눈빛에 당황스러웠지만 티 내지 않고 자연스럽게 물었습니다.

"어디에 묻어 줘야 할지요?"

얼떨결에 너무 공손하게 물었더니, 밀짚모자 챙 아래의 입꼬리가 재밌다는 듯 씩 올라갔습니다. 여자가 목장갑을 낀 손으로 어느 한 곳을 가리켰습니다.

"저쪽."

조그맣고 깊어 보이는 구멍은 멀리서도 잘 보였습니다. 거기 밤나무 아래에 여자가 미리 파 둔 구덩이가 있었는데, 입을 벌리며 놀란 나는 구덩이에서 간신히 고개를 돌렸습니다. 눈이 마주치자 여자의 눈매가 부드럽게 휘었습니다.

그리고 나는 직감했습니다. 이제 흙을 덮는 일은 오롯이 나의 몫이 되리라는 것을. 여자에게 차마 꺼내지 못한 말이 내 안에서 팔랑팔랑 날아다녔습니다. 지금부터 날 부려 먹으려는 거죠? 심부름꾼이라는 치즈처럼, 연약하지는 않지만 어쨌든 학생인 나에게 본인 일을 좀 도우라고 할 셈이죠? 거절 못 할 나를 알죠?

"묻어 주기 전에 먼저 할 일이 있는데."

여자가 여분의 목장갑을 내밀며 은근히 미소 지었습니다.

"잡초부터 뽑으렴. 여유가 된다면 그 아래쪽도. 이맘때는 좀 뽑아 줘야 돼."

여름이니까. 모든 게 무성한 여름이니까, 잡초도 어느 정도는 이해해 줄 거라고 말하며 여자는 웃자란 잡풀 사이로 쭈그려 앉았습니다.

"……잡초한테 미안하지도 않아요?"

갑자기 할 일이 생긴 나는 잡초의 대변인이라도 된 것처럼 비딱하게 굴었습니다.

"잡초라고 해서 잡초로 태어나고 싶었던 게 아니잖아요. 세상 모든 풀은 소중하지 않을까요. '결초보은'에서 '초'는 잡초일지도 모른다고요."

그 지경이 되자, 나는 내가 당최 무슨 말을 하는 건지 몰랐습니다. 다만 생각나는 대로 떠들어 댔죠. 그런데 눈앞의 여자는 상냥히 나를 비웃고는 이렇게 말했습니다.

"양지바른 땅에, 죽은 고양이와 죽고 싶은 남자애가 왔네."

그건 더는 겁을 상실해서 기어오르거나 까불지 말라는 경고여서 나는 곧바로 잡초를 뽑는 일에 몰두하기 시작했습니다.

🐾

그렇게 해서 나는 지금 여자를 도와 잡초를 뽑고 있습니다.

"이것도 도깨비바늘이에요?"

근처에서 노랗게 말라비틀어진 잔디를 긁어 내는 여자가 돌아보지도 않고 고개를 끄덕였습니다.

나는 땀을 닦으며 그의 뒷모습을 보다가 생각에 잠겼습니다. 조금씩 지치다 보니 낯선 여자를 향한 경계심이 옅어졌죠.

뙤약볕 아래에서 땀 한 방울 흘리지 않고 '농사'를 짓는 여자. 그에게 계속 묻고 싶었습니다. 정체를 한번 확실하게 짚고 넘어가야 무사히 하산할 수 있을 것 같았기 때문이죠.

"흠흠."

미리 목을 가다듬은 나는 잡초를 뜯던 손을 멈추고 봉분 앞에 서 있는 여자에게 다가갔습니다. 속으로는 묻고 싶은 말을 되도록 일목요연하게 정리하려고 노력했습니다. 있잖아요, 산에서 농사를 짓는다는 게 말이 되는지는 차치하고 남의 묘소에서 잡풀을 솎아 내며 오늘 무엇을 수확할 예정인가요. 고양이를 심부름꾼으로 부리는 당신은 어린 고양이 사체를 안고 산에 오를 나를 도대체 어떻게 알고 기다렸습니까. 죽은 고양이를 묻을 구덩이는 어느 틈에 파 놓은 건가요.

"저기요."

천천히 돌아본 여자는 호기심에 굴복하고 만 나에게 미소 지었습니다. 내가 지금부터 슬그머니 꺼낼 말이 무엇인지 다 안다는 듯이.

"사람이 아니시죠?"

겁 없이 말하는 나의 입술을 때리고 싶다고 생각하면서도 또 한 번 여자에게 질문했습니다.

"귀신인가요?"

"마음대로 생각하렴."

여자는 인심 쓰듯 말하고는 빙그레 웃었습니다.

"까망이를 이제 묻을까?"

"……네에."

"자, 이리로."

우두커니 서 있는 나를 지나쳐 구덩이 쪽으로 향한 여자는 셔츠 자락을 살살 풀어서 검은 고양이를 바닥에 눕혔습니다.

"달리 할 말 있나?"

"저요?"

"죽음의 은인이니까."

생명의 은인도 아니고 무슨.

나는 코웃음을 쳤지만 여자는 시종일관 진지한 얼굴이었습니다. 나는 잠자듯 옆으로 누운 고양이를 자세히 보려고 무릎을 좀 더 굽혔습니다.

"잘 가라."

그리고 내가 산 아래에서 당부한 말을 잊지 마. 은혜를 잊으면 안 돼……. 속으로 기도하듯 말하고는 고양이의 명복을 빌었습니다. 옆에서 치즈가 야옹, 하고 울었고, 여자는 느릿느릿 흙을 덮기 시작했습니다. 나도 서둘러 그 옆에 앉아 흙을 덮었죠.

검은 고양이의 야트막하고 동그란 무덤은 그렇게 할머니 할아버지의 봉분 옆에 자리하게 됐습니다. 돌아가신 할머니 할아버지가 언짢아하면 어쩌나 싶었지만 어쩔 수 없는 일입니다.

"'팔신'이라고 들어 봤나?"

여자가 문득 말했습니다.

"곡물을 주관하는 여덟 명의 신인데, 그중에 두더지를 잡아먹는 고양이 신이 있지."

"……고양이 신이요?"

나는 침을 꿀깍 삼켰습니다.

"혹시, 고양이 신이세요? 진짜요?"

"이제 더 이상 두더지를 먹진 않지만."

이건 무슨 말일까, 나는 머릿속이 터질 것만 같았습니다.

긴가민가한 힌트를 준 여자는 이번에는 치즈에 대해 이야기해 주었습니다. 치즈는 주로 밭을 파헤치는 두더지를 잡곤 한다고요. 용맹한 사냥꾼이라는 치즈는 먼발치에서 흙을 파고 볼일을 보는 중이었습니다.

……돌아가신 할머니 할아버지가 이번에야말로 언짢아하면 어쩌나 싶었습니다만 이미 볼일을 마친 치즈는 앞발로 부지런히 흙을 덮고 있었습니다. 바람결에서 얼핏 고약한 대변 냄새가 맡아 졌는데, 신기하게도 코를 킁킁거리자마자 사라졌습니다.

"있잖아요."

나는 둘을 번갈아 보다가 드디어 가장 묻고 싶었던 말을 꺼냈죠.

"신이라면서 왜 내 앞에 나타났어요? 전 종교 안 믿는데요. 고양이는 완전 무서워하는데요."

그런 질문을 재채기처럼 내뱉고 나서는 아차 싶었습니다.

밀짚모자를 쓴 신이 어깨를 으쓱했습니다. 목장갑을 벗어 바지 뒷주머니에 쑤셔 넣은 그는 그야, 하면서 대답했습니다.

"고양이 신은 부름에 응답하지 않고 내킬 때 모습을 드러내니까. 나를 원하지 않는 사람 앞에 나타나는 편이 훨씬 재밌달까."

그러니까 아무런 의미 없이, 무작위로 모습을 드러내고 말을 나누고 싶은 날이 있는데 때마침 내가 산에 올랐다는 겁니다. 더는 두더지를 잡아먹지 않고 산을 가꾸는 고양이 신은 심심풀이로 인간과 만나기도 하는 모양이었습니다.

"평소엔 뭐 하며 지내세요? 기덕산에, 여기에 쭉 있는 거예요?"

"보살펴야 하는 고양이들을 보살피거나, 내 구역에 있는 산을 오가며 지내거나."

"기덕산이…… 누나 구역이에요?"

"누나?"

고개를 갸우뚱한 신이 호탕한 웃음을 터뜨렸습니다.

신을 누나라고 불러도 될까, 잠깐 고민했지만 선생님이라든가 신님보다는 나을 것 같았고 예감은 틀리지 않았습니다. 누나라고 불린 신은 기분이 좋아 보였습니다.

"돌보고 다스리는 고양이들이 경기도에 있는 도시 혹은 시골에서 아홉 번 태어나 아홉 번 죽는 동안, 그 녀석들이 지내는 구역이

바로 내 구역이지."

가까운 주민 센터에서 토지 대장 등본을 떼 보면 이 산의 주인으로 엄마의 이름이 나오겠지만, 눈앞에 있는 신이 자기의 구역이라며 소유권을 주장하고 있으므로 나는 별말을 덧붙이지 않고 고개만 끄덕거렸습니다.

"신기하네요……."

저만치에서 뛰어다니던 치즈가 다가와 내 발목이며 종아리 부근에 제 뺨을 비벼 댔습니다. 기겁한 나는 뒤로 조금 물러났지만 그만큼 다가온 치즈가 다리 사이를 오가며 뺨을 문질렀습니다.

"네가 마음에 드나 보네. 너를 믿는다고, 자기 영역이라고 표시하는 거야."

"저를요?"

만나서 반갑다는 조그맣지만 커다란 몸짓. 나를 온전히 환영해 주는 듯한 부드러운 털의 감촉에 왈칵 눈물이 고였습니다. 전혀 울 타이밍이 아닌데도 눈물이 고인 건 일찍 죽기로 한 고등학생의 가슴속 응어리 탓입니다. 언제부턴가 그 누구의 영역에도 들어갈 수 없다는 기분에 사로잡혀 있었는데. 평생 그러리라고 지레 겁먹고 있었던 나에게 꼬리를 내미는 고양이가 있다니.

"누나."

나는 고양이를 만난 쥐처럼 어깨를 바들바들 떨었습니다.

"전 서른 살에 죽을 거예요."

그러고는 누구에게도 꺼내지 못한 비밀을 처음 보는 여자에게, 고양이를 보살피고 부리는 신에게 울면서 털어놓았습니다.

"태어나선 안 됐거든요."

"……."

"태어나지 말았어야 돼요."

"……."

"잘못 태어났다고요. 그러니까, 계획에 없던 자식이라고요."

생일이 싫었습니다. 엄마 아빠의 연애와 결혼 스타일이 앞뒤 가리지 않고 키워 간 사랑은 아니었지만 나를 낳은 건 실수였구나, 하고 오랫동안 아득하게 슬펐습니다. 이미 태어난 걸 돌이킬 수 없는데도요. 끊임없이 엄마와 아빠와 나에게 닥친 불행을 해결할 만한 방법을 모색했지만 아무런 소득 없이 나만 갉아먹는 일이었죠.

안방에 있는 서랍장을 열다가 엄마의 일기장을 발견한 그날은 집에서도 늘 맡겨진 아이처럼 내 자리 찾지 못한 이유를 확인해 버린 날이었습니다. 빛바랜 남청색 노트 안에 흐릿하게 번진 글씨들을 읽은 그날. 사는 게 고양이 목에 방울 달기라는 한탄과, 나를 가져 힘들다는 날것의 마음과, 아이는 축복이라는 둥 선물이라는 둥 말하는 친척 어른들이 밉다는 원망과, 하지만 이겨 내고 같이 살아 보겠다는 다짐이 나의 머릿속에 새겨져 지워지지 않았습니다.

나를 낳고 한동안 병원 신세를 져야 했던 어린 엄마. 엄마가 입원과 퇴원을 반복하는 동안 할머니 댁에 맡겨져 성질부리고 울다 잠들던 날들. 엄마는 언제 오냐는 나의 울먹임을 듣고도 한숨만 내쉬던 아빠의 모습 등이 빈틈없이 들어맞던 그 순간 뒤통수가 얼얼했습니다. 엄마에게 나는 엉킨 실타래이자 잘못 꿴 단추였습니다. 그 사실을 딛고 무럭무럭 자라나는 나를 보며 엄마 아빠는 기쁜 날도 있었겠죠. 그보다 많이 침울하거나 심란했겠죠.

'정원아. 넌 네 엄마한테 잘해야 한다.'

명절에 만난 외삼촌이 술이 들어가 불콰해진 얼굴로 그렇게 말했던 날.

'네 엄마가 널 낳으려고 뭘 포기했는지 알아야 한다. 어디 청춘뿐이겠냐? 우리 정원이 인제 다 컸으니까, 변성기도 지났으니까 잘 새겨들어. 네 엄만 일만 놓친 게 아니라 건강도 잃었어. 너 낳고서 한쪽 귀가 잘 안 들린다는 걸 너는 아냐?'

그날 엄마는 양념갈비가 맛있기로 유명한 그 식당에서 외삼촌과 대판 싸웠습니다. 오빠가 뭔데 애한테 그런 소리를 하냐면서 디저트로 나온 수정과를 그릇째 들어 외삼촌의 얼굴까진 아니고 목덜미 쪽에 제대로 끼얹었죠. 막냇동생인 엄마를 어릴 때부터 금이야 옥이야 돌봐 온 외삼촌은 미안하다고 웅얼거리면서도 엄마가 나 때문에 놓친 수많은 기회들을 아까워했습니다.

외삼촌에게 눈엣가시인 건 참을 수 있습니다. 하지만 젊은 엄마의 슬픔이 되었다는 사실은 참을 수 없었습니다. 내가 엄마의 젊음을 뺏어 태어났다는 현실이 못 견딜 만큼 힘들었습니다. 태어나고 싶어서 태어난 게 아니라고 떼쓰고 싶었지만, 그럴 용기는 없어서 휘파람이나 불기 시작한 겁니다. 죽을 날을 기다리면서. 서른 살까지 카운트다운을 세면서. 왜 서른 살까지냐면, 스무 살은 너무 빠르고 서른 살은 약간 살 만큼 산 나이처럼 느껴졌기 때문입니다.

드라마나 영화 속 흔한 출생의 비밀에 비견될 만큼은 아니더라도 나의 탄생은 엄마 아빠의 인생을 송두리째 바꾼 게 틀림없고, 그 사실을 뼈저리게 느꼈습니다. 정작 두 사람은 나에게 적당히 엄하거나 충실하거나 다정한 보호자인데도요.

일찍 죽기로 결심하고 등산한 나를, 신은 딱하다거나 기특하게 보지 않았습니다. 고개를 살짝 숙인 그의 눈가는 밀짚모자 챙에 가려 잘 보이지 않았습니다. 어떤 표정을 짓고 있는지 보고 싶었는데 이상하게도 분간할 수 없었죠.

나는 화가 치밀었습니다. 그리고 소리를 지르고 싶은 충동에 휩싸였습니다. 바람이 나뭇가지와 무성한 이파리 따위를 이리저리 흔들었습니다. 다듬은 지 오래인 앞 머리카락이 눈가를 찔러 댔습니다. 나는 잡초를 뽑느라 흙이 묻은 목장갑을 괜히 툭툭 털며 먼지바람이나 만들었습니다.

"시시한가요? 고딩치고 나름 심각한 고민인데. 죽느냐 사느냐

그것이 문제다…… 하다가 죽기로 한 건데."

"일단 하나만 도와주렴."

신의 명령은 나를 또 얼어붙게 만들었습니다.

"네?"

벌 한 마리가 웽 소리를 내며 곁을 스쳐 갔습니다.

"내 일 중에 하나를 너에게 줄게. 임무다."

그 순간만큼은 역광 속에서도 미소 이린 입가가 잘 보였습니다. 신이 가꾸는 정원에 들어왔으니 자신을 또 도우라는 말에 흥분이 점점 가라앉았습니다. 아무래도 불량배의 말이었지만, 그리 무례하게 느껴지지 않았습니다.

올 테면 와라, 하고 귀신이나 뱀을 부른 배짱을 가진 나는 이제 두려울 게 없습니다. 흙이 묻어 있는 할머니 할아버지의 묘비에 팔꿈치를 올리며 자신 없는 투로 물었습니다.

"뭘 도와야 되는데요?"

"약속이라고 해야 하려나."

신이 턱 밑을 긁적이며 말했습니다.

"나중에 너 사는 데에 삼색 무늬 고양이 한 마리가 나타나거든 쫓아내거나 놀라지 않기로. 가만 보내 주기로. 씨— 깜짝이야, 하고 비명 지르지 않기로."

나는 내색하지 않았지만 엄청 놀랐습니다. 하마터면 묘비에 기댄 채 주저앉을 뻔했죠. 신은 내가 길고양이와 마주칠 때마다 하는 욕이 뭔지 정확히 알고 있었습니다.

"알았어요. 그거면 돼요?"

"그거면 충분하지. 그리고 너 말이다."

신은 잠깐 뭔가를 생각하는 눈치였습니다.

"조금 살고 싶기도 하지?"

"아뇨."

"왜?"

"재미없어서요."

신은 나의 눈, 코, 입을 보는가 싶더니 고개를 끄덕였습니다. 나는 다시 이 산에서 제일 솔직한 사람이 되어 내 안의 모든 이야기를 냅다 퍼내기 시작했습니다.

"나도 태어나고 싶어서 태어난 거 아녜요."

"……."

"할 수만 있다면, 돌아가고 싶어요. 그냥 아무것도 아니던 때로. 형체도 의식도 없던 때로. 아, 정자나 난자로요."

불가능한 일을 바라며 나는 또 눈물을 줄줄 흘렸습니다.

"그냥 하는 말 아니에요."

"알지."

"고진감래."

"……."

"제일 싫어하는 말이에요. 힘들고 나서 즐거운 일이 오면 무슨 소용이에요. 이미 어마어마하게 신경 쓰이고 힘들었는데. 엄마한테 내가 고진감래가 될 수 있을 것 같지도 않고요."

"하지만 쓴 것 다음에 오는 단 것은 매우 달지. 아홉 번 태어나 죽는 고양이조차도 고생 끝에 오는 재미가 달콤해서 가끔 더 살고 싶어 하고 말이야."

머리 위로 낱낱의 잎이 스치며 내는 소리가 이어졌습니다.

"용두사미라고 하던가?"

신이 말했습니다.

"혹시 모르잖아? 네 인생은 사두용미일지. 뱀의 머리였지만 용의 꼬리로 맺어질지. 그걸 확인하려면 좀 더 길게 살아 봐야 하지 않을까?"

"……뭐라고요?"

"오래 살아 봐야 하지 않겠냐고."

뱀의 머리와 용의 꼬리여도, 용의 머리 용의 꼬리라고 믿으며 살면 될까. 무용한 사람이라는 기분에서 그냥 벗어날 수 있을까.

신이 건넨 그 말은 내가 가장 듣고 싶었던 말이었습니다. 그날 이후 아무라도 좋으니 나를 붙잡고 큰 소리로 야단이라도 치듯 해 주었으면 하는 말이었죠. 사람이 아니라 신에게 듣다니, 살아 있기를 잘했고 역시 더 오래 살아야 하나, 하는 괴상한 마음조차 들었습니다.

봉분 위로 잠자리 두 마리가 날아다니는 게 보였습니다. 혹시나 할머니나 할아버지가 곤충의 몸을 빌려 나타난 거라면 또 응원을 받은 셈이니 서른 살 넘게 살아 봐야겠다는 생각이 들었습니다. 연관 지을 수 없는 사랑이 내 안에 어떤 불을 지핀 겁니다. 그 불이 나의 걱정 위에서 세차게 타오르며 새 길을 냈습니다.

"할머니, 할아버지."

곁에서 고양이 신과 그의 귀여운 심부름꾼이 쳐다보고 있어도 상관없었습니다.

"너무 보고 싶어. 외로워서 온 건데 이제 괜찮아요!"

내가 태어나서 기뻤다는 할머니 할아버지의 말을 잊지 않고 있습니다. 깊이 간직하고 있는 말 중 하나로, 모든 미의 기준에 부합하는 아름다운 말이었습니다. 나는 그 덕분에 살아 있는 건지도 모릅니다. 엄마의 일기장에는 나의 돌잔칫날 "우리가 사랑하는 애가 낳은 아이니까 더 예뻐해 주마."라는 할머니의 말이 적혀 있었죠. 나를 낳았는데도 여전히 엄마를 아이라고 불렀던 그 당시의 할머니는 기억에 없지만, 그리웠습니다. 계획에 없던 나의 출생에 대해 두 사람에게 사과하고 싶은 마음이 사라지고 푸른 여름 숲이 나를 사로잡았습니다. 가꾼 적 없는데도 무럭무럭 자란 가뿐함이 차오르는 게 느껴졌습니다.

나는 훌쩍이며 콧물을 들이마셨습니다. 단번에 생각의 평수가 넓어진 나는 할머니 할아버지와 그들 곁에 새로이 묻힌 검은 고양이의 명복을 다시 한번 빌었죠. 그러고는 이상한 지점에서 나의 생존 욕구를 자극한 신과 치즈에게 고맙다고 말했습니다.

"혹시 또 살아갈 마음이 안 들거든 명심해라."

신이 장난기 어린 목소리로 구슬렸습니다.

"네 목숨은, 오늘 네가 수습한 고양이 것이기도 하다는 걸."

나는 겨우 죽음의 은인일 뿐인데, 검은 고양이 몫까지 살아 내야 하는 겁니다. 조금 의아했지만 한 차례 눈물을 쏟아 낸 후라서 금방 마음이 차분해졌습니다.

만남은 짧고 모든 만남에는 이별이 꼭 있죠.

"안녕."

벌써 나와 헤어질 준비를 마친 신이 손을 흔들었습니다.

"저 가요?"

"이제 가 봐야지. 해가 지기 전에."

주저하던 나는 마지못해 고개를 꾸벅 숙이며 인사했습니다.

"안녕히 계세요. 감사했습니다, 제 얘기를 들어 주셔서……."

실은 나를 부려 먹고 잠시 하소연을 들어 준 것뿐이지만 나에게는 그마저도 엄청난 위로인 셈입니다. 아옹아옹, 뒤에서 치즈도 뭐라 인사해 주었습니다.

"잘 있어."

네 덕분에 고양이를 덜 무서워하게 된 것 같다고 말하고 쑥스럽게 눈을 깜빡여 보였습니다. 어디선가 고양이와 가만히 눈을 맞췄다가 깜빡이면 그것이 애정 담긴 인사라는 얘기를 들은 기억이 있습니다. 그러나 치즈는 나의 눈인사를 못 알아채고 제 뒷다리나 핥았습니다.

또 만날 수 있을지 궁금했지만, 그들과 다시 만나서는 안 될 것 같았습니다. 그런 날이 오면 단지 신의 정원을 가꾸는 일에 그치지 않고 더 많은 일을 해야 할 테니까요.

시간이 얼마나 지났는지는 모릅니다. 휴대폰을 확인할 생각조차 안 했던 나는 산을 내려가기 시작했습니다. 산등성이 너머로 해가 지는 게 보였습니다. 얼른 죽고 싶었던 나는 두 번째 결심을 했습니다. 조금만 더 살아가기로.

유정원, 서른 살에 고뇌하며 여기 눈 감다. 언젠가 정해 둔 나의 묘비명은 조금 수정해도 좋겠습니다. 유정원, ~~서른 살에~~ ~~고뇌하며~~ 여기 눈 감다. 어릴 때 울면서 떠올린 묘비명의 문장 한가운데에 빗금을 죽 긋는 상상. 그리고 그 문장을 이렇게 고치며 걷는 발걸음이 가벼웠습니다. 생각보다 장수한 유정원, 여기 눈 감다.

만족스럽게 씩 웃는데 발치에서 작은 기척이 느껴졌습니다. 놀라 바라보니 치즈가 나를 올려다보며 총총 걷고 있었죠.

"치즈! 언제 따라왔어?"

반가운 마음이 웃음으로 번졌습니다. 산을 오를 때 함께했던 고양이가 산을 내려가는 지금도 곁에서 꼬리를 위로 바짝 세우고 있으니 왠지 모르게 든든했습니다. 이런 경험을 한 사람은 오늘 여기 이 동네에서 나뿐일 겁니다.

"누나가 데려다주래?"

웃으며 물었지만 치즈는 아오옹, 울고는 정면을 주시했습니다. 그 모습이 듬직해서 또 웃음이 나왔습니다.

어딘가 목적지가 있어서가 아니라, 내가 무사히 산을 내려갈 때까지 잘 지켜보라는 누군가의 심부름이라도 하는 것만 같았죠. 내가 널 더 일찍 알았다면 네 이름은 우직이가 됐을 거라고 말해 주는데, 치즈는 못 들은 척 절뚝거리면서 따라왔습니다.

잠시 잊고 있던 치즈의 상태에 나는 눈살을 찌푸렸습니다.

"얼른 나으면 좋겠다."

아옹.

정겨운 그 목소리로 무슨 말을 한 건지도 모르는 주제에 나는 처음이자 마지막으로 녀석에게 잔소리했습니다.

"너 말이야. 모르는 사람이 가까이 오면 일단 경계해. 너한테 친절한 사람에게만 친절하면 된다고. 일부러 이 사람 저 사람한테까지 너 귀여운 거 알려 줄 필요 없다 이 말이야. 나쁜 소리 들으면 그보다 더 시끄럽게 뭐라고 해 버려. 그리고 널 무서워하는 사람 만나도 상처받지 마. 일부러 무서워하는 게 아닐 테니까."

아아옹.

이제 고양이가 더는 무섭게 느껴지지 않는 걸 보니 오늘 깨닫지 못한 사이에 나를 이루는 부분이 많이 바뀐 듯합니다. 앞으로 험상궂게 생긴 고양이와 길에서 불시에 마주쳐도 소스라치게 놀라는 대신 안녕, 하고 인사를 건넬 수 있겠다는 자신감이 듭니다. 혹은 비명을 지르며 깜짝 놀랐다가, 너였구나, 하면서 겸연쩍게 아는 체할지도 모릅니다. 티는 내지 않지만 나만큼 놀랐을 고양이에게 사죄하며 열심히 눈을 맞추고 깜빡깜빡할지도 모르죠.

나는 새삼 내려온 길을 돌아보았습니다. 고양이와 마주치고도 소리를 지르지 않는 미래의 나를 미리 보고 온 기분입니다.

"잘 있어."

그리고 미뤄 둔 인사를 다시 건넸습니다. 치즈가 꼬리를 흔들며 나를 올려다보다가 멈춰 섰습니다.

"고양이는 목숨이 아홉 개라며? 넌 몇 번째 사는 중이냐?"

대체로 꼬박꼬박 대답해 주던 치즈가 이번만큼은 조용히 나를 바라보기만 했죠.

더는 녀석이 따라오지 않으리라는 것을 알아차린 나는 신의 심부름꾼을 남겨 두고 계속 걸어갔습니다. 나뭇가지를 흔들며 지나가는 바람이 믿을 수 없게 시원했습니다.

씩씩하고 귀여운 심부름꾼의 배웅을 받은 나는 더 제대로 살 준비가 됐습니다. 이 마음은 허상이 아닙니다. 어쩌면 바로 내일, 아니면 다다음 주쯤에 무너지고 말 결심일 수도 있지만 일단 눈 딱 감고 믿어 보기로 했습니다. 미안해하며 살지 않아도 되는 나는 오늘 집에 가면 엄마 아빠를 나란히 불러다 거실 바닥이든 주방 식탁 의자에든 앉혀서 오래 묵은 나의 비밀을 꺼낼 것입니다.

나는 실은 죽고 싶었어. 내가 태어난 게 실수 같아서. 엄마 아빠는 나를 어디에서도 주워 오지 않았지만 나는 내가 주워 온 아이 같았어. 내가 혈혈단신 같았어. 하지만 다시 살아 보기로 했어. 고양이 덕분에. 고양이 신 덕분에. 그렇게 재잘재잘 늘어놓는 나의 고백을 엄마 아빠는 이해할 수 있을까요.

긴 이야기를 끝내고 나서는 그날 이후 한 번도 펼쳐 보지 않은 엄마의 일기장을 읽어 볼 작정입니다. 엄마가 허락한다면 엄마와 같이, 아빠도 옆에 앉히고서. 몇 번이나 말하고 싶은 걸 참아 냈던 나의 모든 기분과 생각을 두 분에게 말하고, 나의 잘못은 아니지만 어쨌든 지금보다 어렸던 그들에게 사과를 한 후에는, 너무 분명해서 의심할 수 없는 사랑을 받아 낼 겁니다.

나의 새로운 계획이 마음에 듭니다. 수명 연장 기술 없이도 늘어난 나의 목숨이 어디까지 늘어날지 기대됩니다. 살다 보면 용두용미처럼 폼 나는 어른이 되겠죠.

나는 입술을 모았습니다. 그리고 들이마셨던 숨을 힘주어 내쉬었습니다. 떨리는 마음으로 휘파람을 불어 봅니다.

휘이이이이.

예사롭지 않은 휘파람 소리를 듣고도 믿기지 않아 몇 번이고 입술을 모아 소리를 내 봤습니다.

어쩌면 오늘의 모든 만남은 앞을 내다본 검은 고양이가 미리 갚는 은혜였을지도 모릅니다. 다신 없을 친절을 베풀고, 계획에 없던 신의 정원을 가꾸고, 결과적으로는 한풀이 등산을 하게 된 오늘이 나의 선택으로만 만들어진 하루일 리 없습니다.

노을이 져 불긋해진 하늘을 올려다보며 결코 까먹을 수 없는 한나절이 가진 힘에 대해 헤아려 봅니다. 앞으로 나는 그날 대신 오늘을 발판 삼아 살아갈 겁니다. 학교에 가거나 학원에 다녀올 때마다 고양이와 마주치기를 손꼽아 기다리게 되겠지요.

그리고 오늘 나의 산행을 모를 엄마 아빠에게 은근슬쩍 열변을 토할 내가 그려집니다. 농작물을 망치곤 하는 두더지를 잡아먹는 고양이 신에 대하여. 더는 두더지로 배를 채우지 않지만 그만의 밭과 산에, 정원이며 구역에 머물면서 다른 고양이를 돌보거나 일꾼으로 부리는 여자에 대하여.

고양이를 위한 클래식

오늘은 네 인생의 여러 날들 중에 하루일 뿐이야.

응원한다.

문자 창을 끄자마자 버스가 급정거하며 덜컹거렸다.

"에이, 운전 뭣같이 하네."

맨 앞자리에 앉은 터라 운전기사가 하는 혼잣말이 잘 들렸다. 혼자 하는 말이지만 모호는 왠지 대꾸를 하고 싶어졌다. 진짜 운전 뭣같이 하네요. 근데 아저씨는 차를 모는 게 무섭지 않아요? 아무리 버스 운행이 아저씨의 일이어도 때로는 버겁지 않나요? 돌발 상황이 셀 수 없이 벌어지는 도로에서 승객을 실어 나르는 내내 어떻게, 괜찮으세요? 행복하세요? 그러시다면 비법 좀…… 하고 묻고 싶었지만 마른침과 함께 꿀꺽 삼켰다.

"사고 나고 싶어서 환장했나."

이어지는 누군가의 궁시렁거림을 들은 모호는 무슨 상황인지 보려고 고개를 쭉 뺐다.

아무래도 앞차가 갑자기 끼어든 모양이었다. 버스 기사의 툴툴거리는 소리로 미루어 보아, 깜빡이도 켜지 않고 무리하게 차선을 바꾼 듯했다. 하마터면 다치거나 죽을 뻔했다. 실현되지 않은 최악의 상황을 머릿속에서 그리며 모호는 눈을 빠르게 깜빡였다.

……차라리 사고가 나는 게 좋았을까. 그랬다면 손가락질받을 것만 같은 오늘의 일탈이, 누군가에게는 위로의 말만 건네고 싶을 만큼 동정심을 자극할 텐데.

하지만 동정은 싫다. 섣부른 응원이 싫은 만큼. 등받이에 다시 기대앉은 모호는 가방 앞주머니에 넣어 둔 수험표를 신경 쓰지 않으려고 이어폰을 꺼내 꼈다.

"에잇, 진짜."

이어폰의 노랫소리를 뚫고 불퉁한 목소리가 다시 들려왔다. 모호는 앞차의 매너 없는 운전을 두고 한참 짜증 내는 운전기사의 뒷모습을 힐끔거렸다.

─나를 등지고 있어도 알아. 쫑긋거리는 네 귀를 봐.

귓가에서 싱어송라이터 '치치'의 신곡이 차게 식은 지 오래인 마음을 느릿느릿 데워 주었다. 발매되자마자 수없이 반복해 들어 이미 가사를 몽땅 외운 곡이다. 발랄한 선율과 가사가 좋아서 노래를 들을 때마다 졸업 이후의 미래를 잠시 잊을 수 있었다.

 매일 노랫말에 파묻혀 지낼 수만은 없을까. 고민거리는 모두 종이나 아크릴 상자 따위에 담아 두고서 다시는 열어 보지 않는 거다. 그대로 책상 아래에 두고 먼지만 쌓이게 하고서는 잊어버리기. 그런 허무맹랑하고도 기발한 방법이 세상에 있다면 불안이나 슬픔이 오래가지 않을 것이다.

 '고등학교 졸업하는 것만으로도 다행이지. 나 어릴 땐 다들 중학교도 겨우 갔었다. 대학교는 나중에 가도 되잖아. 요즘 인터넷으로 수업 듣고 학위 따는 그런 거 있더만……'

 그런 말을 듣고 나면 도저히 학교생활에 집중할 수 없다. 남들처럼 평범하게 살아갈 수가 없고 웬 울분만 곰팡이처럼 시꺼멓게 퍼진다. 다른 애들은 대부분 스무 살이 되자마자 졸업과 또 다른 입학을 거치는데, 나는 그 길을 안 가도 돼요? 왜요? 그렇게 따지고 싶은 사람이 가족이라는 사실은 비참하다.

 참혹한 기분이 들면 수업 시간에 딴짓을 하게 된다. 교실 한 자리를 차지하고 앉아 있더라도 교실에 없는 것 같다. 자자, 여기 밑줄 쳐라. 꼭 외워 둬. 시험 범위에 포함되는 거야. 시험에 엄청 자주 나오는 단원인 거 알지? 거기, 졸지 말고. 오늘 며칠이지? 4일이니까 3번, 13번, 23번 나와서 문제 풀어 봐라…… 같은 선생님들의 잔소리를 배경음처럼 흘려들으며 교과서의 한 귀퉁이에 좋아하는 캐릭터 그림을 그려 넣거나, 수업에 집중하는 척 교과서와

칠판을 번갈아 보며 능숙하게 시선 처리만 하곤 했다.

가끔 참을 수 없이 답답한 날에는 수업 시간에 몰래 블루투스 이어폰 한쪽을 끼고 있기도 했다. 지금까지 단 한 번도 들킨 적 없다. 어쩌면 보고도 모르는 척한 선생이 있을지도 모를 일이다.

그것이 다행인가. 아니면 불행일까.

오히려 선생님에게 걸리기를 바라며 이어폰을 낀 날도 있었지만 여태 아무런 제지 없이 조용히 수업 시간을 보내 왔다. 단발머리로 귓가를 아슬아슬하게 가리고는 수업 내용 말고 가사에 집중하는 건데, 그러면 교실에 앉아 있어도 덜 갑갑하게 느껴졌다. 수업을 빼먹을 만큼 대담한 성격은 아니라서, 모호가 선택한 최선의 기분 전환 방법이었다.

─궁금해하고 있잖아. 우리의 내일, 모레, 다음 주.

휴대폰의 재생 목록을 훑은 모호는 지금 나오는 노래가 끝나기도 전에 다음 노래를 재생시켰다. 그러고는 티켓 앱을 열어 예매 확인창을 들여다보았다.

○○○ 피아노 리사이틀

일시 : 11월 XX일 19시 30분

장소 : 서울아트홀

두 달 전 티켓 예매가 시작된 날의 기억이 선명하다. 공연 가격이 만만치 않아서 몇 번이나 구매를 망설였던 모호는 한 주 전까지도 예매 취소창을 왔다 갔다 했다. 그렇게 하루하루 기다렸던 게 엊그제 같은데 어느덧 공연 날이 밝았고, 버스를 타고서 서울에 가고 있다.

차창 밖으로 빠르게 지나가는 고속도로 풍경이 비현실적이다. 홀로 서울로 향하는 모호는 지금 이 순간이 믿기지 않았다. 소리 없이 한숨을 내쉬는데 옆에서 어떤 눈길이 느껴졌다. 버스 옆자리에 앉은 여자가 모호의 휴대폰 화면을 물끄러미 보고 있었다.

"좋은 공연 보시네."

그러고는 나긋나긋한 목소리로 말을 걸었다.

"내한 잘 안 하는 피아니스트잖아요."

몰랐다. 평소 국내외 클래식 동향에 무지하다시피 했으니까. 하지만 모호는 내색하지 않았다. 이상한 사람과는 엮이지 않는 게 좋다는 것을 알기에 휴대폰 화면을 재깍 껐다. 그런 모호에게 씩 웃어 보인 여자는 등받이에 머리를 기대며 잠을 청했다.

"……멀미 힘드네."

그런 혼잣말을 들은 모호는 여자가 더욱 신경 쓰였다.

모처럼 서울에 가는 건데, 옆자리 승객이 구토를 하는 바람에 교복 치맛자락이라든가 신발을 버리면 어쩌나. 냄새를 풍기며 공연을 관람하는 경우는 상상도 하기 싫었고 무엇보다 모호는 멀미의 고통을 잘 알아서 여자의 상태를 외면하기 어려웠다.

습관처럼 가방 앞주머니를 뒤적인 모호는 매일 서너 개씩 챙겨 다니는 레몬사탕을 만지작거렸다.

줄까 말까. 괜한 오지랖일까. 하지만 여자 또한 방금 자신에게 격의 없이 말을 걸지 않았던가. 큰마음 먹고 익숙한 동네와 일상을 벗어난 마당에, 약간의 일탈을 더한다고 탈이 나진 않을 것이다.

"드세요. 멀미약은 아니지만 좀 괜찮아지실 거예요."

모호는 최대한 의젓하게 대화를 시도했다. 여자가 뒤로 기댔던 고개를 들며 미소 지었다.

"아, 고마워요."

기다렸다는 듯 사탕을 받는 손가락은 가늘고 하얬으며, 손톱이 무척 길었다. 뾰족하다는 말이 어울릴 만큼 날카로워 보였.

여자는 곧장 사탕 껍질을 벗기고는 입에 넣어 혀로 굴렸다. 그러면서도 조금 앓는 소리를 내며 죽겠네, 하고 중얼거렸다. 이렇게까지 했는데 설마 토하지는 않겠지. 모호는 이어폰의 볼륨을 높이고는 생각을 정리했다.

오늘의 계획은 거창하지 않고 간단하다.

첫째. 서울에 갈 것.

둘째. 지도 앱에 표시해 두어 찜해 놨던 독립 서점과 아이스크림 맛집에 들를 것.

셋째. 피아니스트의 공연을 앙코르 무대까지, 끝까지 잘 즐기다가 나올 것.

오늘 저녁 모호는 서울 종로구에 있는 연주회장의 한 객석에 앉아서 두 시간가량을 보내게 된다. 온전히 연주에 집중할 수 있을지는 모르겠다. 자신 없었다. 어딘지 모르게 잘못된 장소에 발가벗고 서 있는 기분은 모호를 많은 순간 이방인이 되게끔 했다. 교실에서도 교실 밖에서도.

수능 시험을 보지 않기로 결정한 건 후회하지 않는다. 오늘만을 위해 아등바등 사는 수험생 신분에서 벗어난 지 오래인 모호는 성적표를 받더라도 기쁘거나 우울하지 않았다. 어차피 오늘 치를 수능 점수는 모호에게 아무런 쓰임이 없으므로.

모호를 우울하게 하는 건 따로 있었다. 아무리 노력해도 당분간 모호의 미래는 바뀌지 않으리라는 것. 대학교에 진학하지 않고 바로 일을 구해 돈을 벌어도 꽤 오랫동안 버둥거리며 살게 되리라는 것.

겨울 방학이 되기도 전에 일을 시작할 예정이었다. 고3이 되고 나서 어렴풋이 예감했던 미래였지만 지금은 확실해진 앞날이다. 코피를 흘리면서 공부를 하거나 시험 점수를 올리려고 무진장 노력해 본 날은 없었지만 조금 아쉽기는 했다. 하지만 고모가 운영하는 회사에서 일하기로 어른들끼리 이야기가 된 마당에 다 무슨 소용인가 싶었다. 체념은 빠를수록 좋다. 그것이 늘상 빌려 온 고양이같이 살아온 모호가 품은 마음가짐이다.

아니, 사실은 슬프고 화가 나고 외롭고 춥다. 이 모든 게 모호의 안에서 한꺼번에 일어난다. 영화나 드라마 속의 특수 효과처럼 번쩍이는 빛과 함께 콰광, 하거나, 휘이이이잉, 하면서. 모호의 삶이 만화였다면 모호가 등장하는 모든 칸마다 요란한 효과음이 말풍선 대신 채워질 터였다.

엄청난 소용돌이, 회오리바람 혹은 진흙탕 속에서 타의로 빙글빙글 돌아가다가 어디론가 빛이 닿지 않는 곳에 처박히는 듯한 기분은 겪어 보지 않으면 모른다. 이 마음은 때늦은 사춘기나 호르몬의 장난 따위가 아니다. 그냥 살면서 맞닥뜨리는 온갖 고난이 고약한 구정물인 양 모호에게 모조리 튄 건데, 따로 닦아 낼 수도 없다.

어른이 되어도 별다른 방법이 없으리라는 것을 안다. 급여를 받더라도 한동안 통장 관리는 모호의 몫이 아니었으니까. 모호는 윗배를 살살 문질렀다. 걱정을 안고 사니 늘 체기에 시달렸다.

그러나 모호의 의문과 체념은 오로지 모호만의 것. 살아온 모든 곳에서 느낀 기분인데, 모호의 반에는 모호처럼 정해진 앞날을 의아해하다가 체념한 아이는 보이지 않았다. 달리 말하자면 모호와 같은 종류의 불행에 치달은 처지는 없어 보였다. 만일 그런 아이가 있다면 모호는 단번에 알아볼 자신이 있었다.

너도 추워? 추우면서 외로워? 외로우면서 화나?

화나면서 그보다 많이 슬프니?

아니면 그저 쳇바퀴처럼 돌아가는 생활에 매몰되어 십 대 시절을 굴리는 데 정신이 쏠려 있고 그러면서 내신 혹은 논술이나 수능 준비에 몰두하느라 답답할 뿐이니. 그게 누군가에게는 배부른 고민이라는 사실을 너는 혹시 알고 있니. 아무나 붙잡고 그렇게 묻고 싶어도 선뜻 꺼낼 수 없는 질문이다. 함부로 들이밀 수 없는 잣대이기도 했다.

'모호야. 널 보면 내가 어릴 때 생각이 나.'

구원희 선생님.

문학 교과를 담당하는, 모호네 반 담임만이 모호의 시끄러운 속내를 속속들이 파악했다.

오늘은 네 인생의 여러 날들 중에 하루일 뿐이야. 응원한다. 답장을 보내지 않은 문자 메시지가 모호의 양심 안에서 출렁거렸다. 두통으로 머리가 지끈거리기 시작했다.

솔직함이 약점이라는 화살로 돌아와 곧바로 처박히곤 하는 교실에서 모호가 선택한 생존 방법은 있는 듯 없는 듯 지내기와 먼저 나서지 않기, 꼭 해야 할 말이 아니라면 굳이 입 밖으로 내뱉지 않기 등이었다. 모호는 입을 다물고 사는 게 아무렇지 않은 척했다.

발톱을 감추는 고양이의 꼴이 아니라, 감출 발톱도 없는 고양이처럼 살았다. 스스로 원해서 고립됐다. 또래 학생들처럼 드러내고 자랑할 만한 재주나 학업 성적 없이. 취미를 만들거나 특기를

고양이를 위한 클래식

다듬을 여유 없이. 그리고 이렇게 지내는 날도 얼마 남지 않았다. 모호는 속으로 날짜를 셌다. 오늘만 지나면 큰 고비는 넘기는 느낌이다. 적어도 학생이라는 신분에 묶여 등하교를 하는 일상에선 벗어날 수 있으므로.

오늘만큼은 다 잊을 것이다. 그러리라고 다짐하며 두 눈을 감을 때였다.

"저기, 혹시 지금 몇 시죠?"

옆자리에 앉은 여자가 입안에서 레몬사탕을 굴리며 말을 걸었다.

"네?"

모호는 이어폰 한쪽을 빼며 미간을 살짝 찡그렸다.

"시간 좀 알 수 있을까요?"

여자가 미소 지으며 묻자 새콤한 레몬 향이 났다. 멀미 기운이 완전히 가신 산뜻한 얼굴이다.

모호는 휴대폰을 확인하면서 이상하다고 속으로 생각했다. 이렇게 타인에게 거리낌 없이 구는 사람은 처음 본다. 무엇보다 여자의 차림새는 독특했다. 초겨울인데도 밀짚모자를 쓰고 있었는데, 한번 의식하니 계속 신경 쓰게 됐다. 짐승이 발톱을 갈기라도 한 듯 지푸라기가 지저분하게 일어난 모자였다. 이 계절에 돌아버린 사람이 자기 하나만은 아니어서 다행이라고 생각하며 모호는 휴대폰을 확인했다.

"11시…… 다 되어 가요. 10시 55분이요."

"고마워요."

여자가 씩 웃었다.

다시 이어폰을 끼려는데 새로운 질문이 이어졌다.

"근데 학생 아닌가?"

혼잣말 같은 물음이었다.

학생 맞는데, 왜요?

모호는 퉁명스레 묻고 싶은 것을 억누르며 말을 아꼈다. 도를 아십니까, 그런 사람인가. 길을 묻거나, 설문 조사를 내세우며 친근한 척 이것저것 캐묻다가 기도를 드려야 한다고 이끄는 수상한 신도일까.

"……아닌데요?"

이제는 잔뜩 날 선 말이 튀어나온다.

학교에 갈 시간 아니냐고 참견할 셈인가. 여자가 더는 말을 걸지 않기를 바랐지만, 모호의 작디작은 희망은 산산이 깨졌다.

"이거 먹을래요?"

여자가 맥스봉 하나를 선물처럼 건넸다. 모호는 그것을 당황한 얼굴로 바라보았다.

"괜찮아요."

"출출할 텐데요."

그걸 처음 보는 당신이 어떻게 아느냐고 묻고 싶었다. 아침밥을 거르고 나온 게 티 나냐고 묻고 싶기도 했다.

"괜찮아요."

손을 내저었지만 여자는 어둠에 녹아든 검은 고양이처럼 경계심이라고는 조금도 없이 허물없이 굴었다.

"이거라도 받아 줘요. 이건 은혜 갚는 거예요."

그러면서 내민 건 웬 고양이 키링이다.

─ 이번 정거장은 서울시청역입니다. 다음 정거장은…….

정차할 예정인 정거장 이름이 구조 방송처럼 차내에 울려 퍼졌다. 곧 내려야 하는 모호는 서둘러 가방을 챙기며 미리 안전벨트를 풀었다.

"키링, 안 좋아해요?"

조그만 아크릴 키링을 손가락에 건 여자가 눈을 반짝이며 말했다. 차창으로 들어온 햇빛에 순간 여자의 동공이 가늘어졌다.

"요즘 학생들은 가방에 키링 많이 걸고 다니던데."

전 안 그래요. 그런 요란한 취미 없어요.

모호는 턱끝까지 차오른 말을 굳이 꺼내지 않았다.

"선물이에요."

"……."

"자, 받아 줘요. 아까 학생이 준 사탕 덕분에 멀미도 가시고, 무사히 서울에 왔잖아요."

거절할 명분을 더 찾지 못한 모호는 속으로 혀를 내둘렀다. 고양이가 쥐를 어르듯 손쉽게 모호의 빈틈을 간파한 여자가 손을 뻗었다.

"그럼 즐거운 하루 보내요."

그렇게 고양이 키링이 순식간에 모호의 손으로 넘어왔다. 마술처럼. 소유주가 바뀐지도 모르는 턱시도 고양이는 어느 한 곳을 보며 걷는 모양이었다.

잠시 후 모호는 턱시도 고양이 키링을 손에 쥐고 멍하니 버스에서 내렸다. 버스가 새로운 승객을 싣고 다시 출발했다. 모호는 돌아보지 못했다. 밀짚모자 여자가 차창에 바짝 붙어 앉아 모호를 바라보고 있을 것만 같았다.

모호는 키링을 쥐고 있는 손을 눈높이로 들어 올렸다.

버릴까 말까.

정거장 근처에 철제 쓰레기통이 보였지만 섣불리 버릴 마음은 들지 않는다. 이상하지만 못된 사람 같지는 않던 느낌이 모호를 망설이게 했다. 호의에 호의가 따르는 일이 드물다는 것을 아는 모호는 난처한 얼굴로 눈썹을 찌푸렸다. 솔직히 갑작스러운 성의 표시치고는 너무나도 모호의 취향에 딱 들어맞는 선물이다.

고양이를 좋아했다. 고양이 털 알레르기가 있어서 고양이와 함께 사는 건 엄두도 못 내는 모호는, 필기구나 엽서, 스티커 등을 살 때면 늘 고양이가 그려진 것을 골라 사곤 했다.

"으음."

모호는 앓는 소리를 내며 키링을 살폈다. 자세히 보니 보호 필름조차 떼지 않은 새 상품이다. 갈팡질팡하던 모호는 결국 키링을 가방 앞주머니 지퍼에 달았다. 거추장스러운 것을 싫어하기 때문에, 이 고양이 키링은 모호가 태어나 처음으로 가방에 건 키링이었다.

최초의, 고양이, 키링.

속으로 선포하듯 중얼거리자 새로운 기분이 들었다. 모호는 키링을 손가락으로 튕겨 보았다.

어차피 오늘 하루만은 미친 척 자유롭게 살아 볼 작정이었으므로 금방 홀가분해졌다. 나중에 버리더라도 오늘은 일단 달고 다녀 보자. 찬바람 속에서 결연한 얼굴로 숨을 들이마신 모호는 휴대폰 지도 앱을 켰다. 화면을 손가락으로 확대하거나 축소하며 길을 확인하는데 귓가에 자동차 경적 소리와 길거리 소음이 끊이지 않았다.

정말 서울에 왔구나. 모호는 새로이 신기해졌다. 평일 오전인데도 서울은 차가 많이 막혔다. 파란 시내버스와, 경기도에서 달려온 빨간 광역버스. 각양각색의 자동차들이 도보 위에 서 있는 모호 옆을 계속 스쳐 지나갔는데, 그 순간 여행자나 모험가의 기분이 들어 수능 시험에 대해 잊을 수 있었다.

연주회까지 시간이 빈 모호는 여유롭게 목적지를 정했다. 고양이 발바닥 모양의 간판만 내걸었지만 '냥냥책방'이라는 이름을 가진 곳.

언젠가 서울에 갈 만한 곳을 추천해 달라고 조르던 모호에게, 구원희 선생님이 상담 시간에 슬쩍 알려 준 조그만 독립 서점이었다.

🐾

"……대학에 안 갈 거라고?"

모호의 말을 듣고 나서 구원희 선생님이 꺼낸 말은 대답이 아니라 혼잣말에 가까웠다.

"대학교에 안 간다고……."

구원희 선생님은 같은 물음을 반복했다. 그 말을 난생처음 들은 사람처럼.

"네."

그 모습을 보며 모호는 다시 한번 강조했다.

"안 갈 거예요, 대학."

1학기 기말고사가 끝난 후 진행된 약소한 진로 상담이었다. 점심을 먹고 나서 다음 교시 시작 전 번호순으로 잠깐씩 교무실에 불려 가 이야기를 나누는 거였는데, 끝 번호인 모호의 차례는 맨 마지막이었다.

모호는 무릎 위에 둔 손가락을 괜히 꼼지락거렸다. 담임의 책상에는 모호의 이번 학기 중간고사, 기말고사, 모의고사 등의 성적, 그리고 수시 전형이라든가 논술 전형 따위의 입시 정보가 적힌 수도권 대학 책자가 늘어져 있었다.

한참 생각하던 구원희 선생님이 펼쳐 놓았던 두꺼운 파일을 소리 나게 덮었다. 그러고는 모호의 두 눈을 뚫어져라 응시했다. 그 눈빛이 부담스러울 법도 한데 웬일인지 불편하지 않았다. 모호는 기다렸다는 듯 담임과 눈싸움을 했다. 사정을 잘 모르는 어른의 입바른 소리에 넘어가지 않겠다는 모종의 기싸움이었다.

싸움을 먼저 끝낸 건 구원희 선생님이었다.

"수능 시험은 볼 거니?"

"봐서요."

"보는 게 좋아. 나중에 일이 어떻게 될지 모르니까……."

말끝을 흐린 구원희 선생님의 입술이 몇 번 달싹였다. 곰순이라는 별명에 많은 기여를 한 탐스러운 곱슬머리를 쓸어 넘기며 침묵을 지켰다. 어째서 수능 시험을 치르지 않을 작정이냐고 물을 경우에 방어막처럼 늘어놓을 말을 생각 중이었는데, 평소 푸근하고 신중하기로 유명한 담임은 말을 아꼈다.

"대학교 안 가기로 한 거, 모호 네 결정이야?"

교무실을 나가기 전 구원희 선생님이 조심스럽게 물었을 때, 모호는 물끄러미 바라보는 눈을 비로소 피하며 그저 네, 하고 대꾸했다.

대답하자마자 울음이 터져 나온 건 어쩔 수 없는 일이었다.

😺

모든 길이 낯설었다. 높은 건물들 사이로 모호는 한참을 한가롭게 걸었다. 이런 곳에 서점이 있을까 싶은 골목을 걸어가며 연신 지도 앱을 확인했다. 을지로의 오래된 건물 2층. 육중한 철문을 열고 들어선 그곳은 다른 세상 같았다. 낡은 가죽 소파와 벽시계, 전화기, 탁상 조명 등이 놓인 서점은 몇십 년 전의 가정집을 고스란히 옮겨 놓은 듯한 안락한 분위기였다.

서점 안은 예상외로 손님들로 북적였다. 서울은 한낮에도 서점에 사람이 많구나. 모호는 조용히 감탄하며 매대 위에 놓인 책들을 구경했다. 판형이 각기 다른 다양한 책이 시선을 끌었다.

친근한 새 책 냄새가 풍겼다. 고양이에 대한 에세이와 소설, 인문학, 과학 등의 서적이 원목 서가에 가지런히 꽂혀 있었고, 모호는 막연히 동경하는 마음이 되어 책등을 손가락으로 훑기도 했다.

제목과 지은이, 출판사 이름을 훑는 것만으로도 시간이 훌쩍 지나갔다. 이왕 온 거 한 권 살까. 망설이는 모호에게 누군가 다가와 말을 걸었다.

"이 책 재밌어요."

커다란 링 귀걸이를 한 여자가 가리킨 책은 고양이를 키우는 사람이 집에서 들을 만한 클래식에 대해 쓴 독립 출판물이었다. 모호가 벙벙한 얼굴로 책 표지를 확인하자, 여자가 쭈뼛거리며 웃어 보였다.

"제가 이 책 쓴 사람인데, 선물해도 될까요?"

"네?"

"아, 저 이상한 사람 아니에요. 꼭 한번 해 보고 싶었던 혼자만의 이벤트예요."

그렇게 예기치 않은 두 번째 선물을 받게 된 모호는 어리둥절했다. 세상에 있는 수많은 작가들 중 한 사람과, 그가 쓴 신간이 놓인 매대 앞에서 공교로이 만날 확률은 얼마일까. 지은이로부터 조건 없는 선물을 받을 가능성은 또 얼마일지 가늠할 수 없었다.

"감사합니다."

"좋은 하루 보내세요."

작가가 고개를 마주 숙이고는 먼저 서점을 나섰다.

이런 날도 있구나.

얼떨떨해하며 모호는 책이 든 종이봉투를 품에 꼭 안았다. 밀린 행운이 차례대로 다가오는 중인 것 같다. 대학수학능력시험이라는 중차대한 시험을 땡땡이친 학생에게 세상이 너무 다정한 거 아닌가. 이러다가 갑자기 냉혹해질까 봐 두려워졌다.

거의 매년 한파 주의보가 내려질 만큼 춥곤 하던 11월 중순. 오늘 모호는 시험 장소 말고 또다시 다른 장소로 발길을 돌렸다.

하루에도 몇 번씩 감정이 오락가락하는 이유를 설명하려면 호르몬 외에도 많은 것을 꼽을 수 있다. 이를테면 개인 사정. 공부에만 열렬히 집중할 수 없는 집안. 발목을 잡고 집요하게 늘어지는 난폭한 가난함. 갑자기 찾아온 건 아니고 서서히 가세를 기울게 한 불황과 불운을 가득 안은 가족은 모호에게 끝없이 영향을 미쳤다. 평일 오전에 아빠가 출근 준비를 하지 않고 식탁에 앉아 있으면 괜히 불안했고 별의별 꼬투리를 잡는 불행 탓에 모호는 거의 미칠 것만 같았다.

왜? 왜냐고, 하필 우리 집에 이런 고난이 찾아오는 거냐고, 신이 있다면 내가 지금 고3이니 조금만 봐 달라고 사정하고 싶을 지경이었다. 삶에 기쁨이 턱없이 모자란 원인을 찾자면 끝도 없었다. 태풍급의 바람이 지나가는 길목에 모호와 가족들이 서 있을 뿐이었다.

그냥 거센 바람이 불었고, 바람이 불어서 모호는 고작 옷깃을 여몄다. 고개를 숙여 눈 밑으로는 아예 목도리로 칭칭 동여매고 걸었다. 할 수만 있다면 얼굴을 지우고 몸도 없애고 사라지고 싶다. 없어지고 싶다고 생각했다. 소설이나 영화 속 주인공은 그의 몫인 역경을 반드시 이겨 내곤 하는데, 모호는 그럴 자신이 없었다. 도무지 용기가 나지 않았다.

해마다 이맘때가 되면 온 나라가 수험생을 격려하느라 분주해지는 게 꼴 보기 싫었다. 그런 생각이 다시금 들자 절로 발소리가 커졌다. 모호가 생각하기에 가장 알맞은 도피처인 서울에도 기다렸다는 듯 한파 주의보가 내렸고 초콜릿이나 찹쌀떡, 호박엿 등의 온갖 디저트가 수험생의 입으로 들어갈 준비를 하고 있다. 여러 매장의 진열대 위에 '대박 기원', '너를 응원해', '합격!' 같은 문구가 인쇄된 포장지를 두르고서. 그 모든 풍경을 모호는 남일 보듯 스쳐 지나갔다.

앞으로 살아가면서 작은 숨구멍을 뚫어 놔야 하지 않나, 새삼 걱정이 들었다. 근데 그러면, 나는 쥐일까, 하고 의아해진 것도 그때였다. 모호의 숨구멍은 쥐구멍만큼 자그마할 텐데, 그러니 자신은 쥐가 아닌가. 사냥 솜씨가 좋은 고양이의 발톱과 이빨에 살갗이 뚫린 채 잡히거나, 덫에 걸려 버둥거리고 말 쥐.

모호는 쥐가 어떻게 울더라, 하고 생각하며 걷다가 누군가와 부딪힐 뻔했다.

"죄송합니다."

고개를 숙인 모호는 어느 순간 한 자리에 멈춰 섰다. 찬바람에 언 손으로 휴대폰 화면을 켜서 구원희 선생님이 보낸 문자를 재차 읽었다.

오늘은 네 인생의 여러 날들 중에 하루일 뿐이야.

대학교에 가지 않겠다고 말한 그날 이후, 구원희 선생님은 모호를 자주 불러 냈다. 복도에서, 주로 교무실에서 짧은 대화가 이

뤄졌다. 상담이라는 말은 거창하고 교무실 청소라는 명목으로 불러다가 빈 의자를 가져와 앉히고 시시콜콜한 대화를 나누는 식이었다.

사는 게 힘들어요. 하루는 저도 모르게 불만을 토로했는데, 갑작스럽게 튀어나온 말에 모호는 스스로 조금 놀랐다.

"나도."

구원희 선생님이 심드렁히 고개를 끄덕였다.

"잘 살고 싶어서 그런가 봐, 우리 둘 다."

구원희 선생님은 모호의 사정을 모두 알지 못했지만, 그만큼 모호를 알고 싶어 했다. 모호가 지금 어떤 기분인지, 밥은 남기지 않고 다 먹었는지, 요즘 유명한 필독서를 읽었는지 궁금해했다. 모호가 무슨 생각을 하는지 이해하고 싶어 했다.

확실히 '곰순이'는 다른 선생님들과는 달랐다. 괴짜인가. 이상한 사람치고 너무 따뜻하지 않은가. 별명답게. 모호는 담임이 희한하다고 생각하면서도 학업이라든가 교무실 청소와는 전혀 관계없는 이야기를 주절주절 털어놓고 오곤 했다. 마치 제 눈물을 본 최초의 교사에게 모든 걸 바치려는 듯이. 그렇지만 다 주지는 않을 각오를 하며 모호는 마음의 일부를 하나하나 꺼내 보였다.

그거 아세요? 하고 시작하는 말은 대부분 고양이에 대한 이야기였다. 모호는 떠오르는 대로 인터넷 어딘가에서 본 만큼만 떠들었다. 고양이가 들을 수 있는 소리의 범위는 45헤르츠에서

64,000헤르츠까지래요. 사람보다 청력이 뛰어난 건 알았지만 어마어마하죠. 솔직히 막 와 닿는 놀라움은 아닌데 기특하죠. 멋있죠. 고양이 수염은 감각을 느낄 수 있는 촉모래요. 고양이는 수염조차 살아가는 데 쓸모가 많은 거죠……. 그런 말을 들으면서 구원희 선생님은 그저 평소처럼 할 일을 하며 높고 포근한 음성으로 이렇게 말하곤 했다.

"멋지다."

🐾

그리고 멋지고 이상한 순간이 모여 모호를 흔들어 댔다.

"어서 오세요, 축하합니다!"

수많은 하루를 보냈지만 이만큼 희한한 하루는 처음이었다. 모호는 멍한 얼굴로 "네?"라거나 "정말요?"라는 말만 반복하고 있었다.

서울행 버스에서 내린 순간부터 모호는 줄곧 행운의 소녀였다. 누가 보면 전생에 나라를 구했다거나, 네잎클로버를 연달아 다섯 개쯤 찾아냈거나, 이름도 얼굴도 모를 조상신이 등 뒤를 봐주고 있다는 둥 갖가지 행운과 얽힌 찬사를 늘어놓아도 어색하지 않을 만큼 운이 따랐다.

"저희 오늘 하루 개업 기념 이벤트 중이거든요. 인스타에도 홍보 글 올렸는데, 못 보셨어요?"

길을 조금 헤매 힘겹게 도착한 아이스크림 가게였는데 주인이 박수를 치며 모호를 환영해 주었다.

"원하는 맛 골라 주시면 담아 드릴게요."

"공짜예요?"

"네. 돈 안 내셔도 돼요."

모호의 눈썹이 비딱하게 올라갔다.

"진짜로요?"

"그럼요."

의심하는 모호에게 직원은 몇 번이고 확신을 줬다. 행운의 주인공이라는 수식어가 믿기지 않던 모호는 순간 얼굴이 홧홧 달아올랐다. 거울을 보지 않아도 뺨이 붉어졌을 터였다.

모호는 조금 울 것 같은 얼굴로 입꼬리를 올렸다 내렸다. 세상이 계속 친절하다. 작정하고 상냥한 세상을 믿어도 되나. 이랬다가 더 큰 고난과 짜증과 슬픔과 분노를 안겨 줄 셈이지? 하고 실체 없는 세상에게 괜히 캐묻고 싶었다.

이런 경우에는 그저 즐기는 수밖에 없는데도 마음이 놓이지 않았다. 불편했다. 모호를 위해 이벤트를 준비한 것처럼 가는 곳마다 선물이 쏟아지는데, 선물 같은 오늘이 지나면 죽는 날까지 계속 엉망으로 살 것만 같았다. 안 좋은 예감은 틀리지 않기에 더욱 속이 더부룩하고 편하지 않았다.

"맛있게 드세요."

아이스크림을 푸짐하게 퍼서 내미는 직원에게 모호는 간신히 웃어 보였다.

"감사합니다."

"좋은 하루 보내세요!"

모호는 언니도요, 하고 말하고 싶은 것을 참으며 고개를 꾸벅 숙이고 가게를 나섰다. 긴가민가한 얼굴로 한 숟갈 맛본 아이스크림은 이제까지 먹어 본 아이스크림 중에 가장 차고 달았다.

공연장의 첫인상은 신전 같다는 느낌이었다. 사진으로 봤을 때도 모양이나 규모가 굉장하게 느껴졌는데, 실물은 그보다 더 화려했다. 지상 5층, 지하 2층 규모를 가진 건물 내부는 으리으리했다. 다섯 개의 석제 기둥이 떠받치고 있는 외관만큼 홀 역시 권위적인 분위기가 풍겼는데, 높은 천장에 달린 거대한 샹들리에는 한눈에 봐도 무척 값비싸 보였고 눈부셨다.

"……우아."

두 눈을 동그랗게 뜬 모호는 걸음을 옮길 때마다 감탄했다. 커다랗고 긴 창문 밖으로 분주한 도시 풍경이 펼쳐졌다. 그 모습이 액자 속 그림 같아서 또 한참 눈길을 뺏겼다.

대리석 바닥에 부딪치며 나는 여러 종류의 굽 소리가 모호를 살짝 움츠러들게 만들었다. 평소에 잘 오지 않는 공연장이라서 그런지 압도되는 느낌이 컸다. 이곳에 자주 오는 사람들은 어떤 삶을 사는 걸까. 며칠 혹은 몇 주에 걸쳐 진행되는 공연 포스터 속의 예술가라든가 연출가를 친근하게 느끼며 사는 사람이 정말 존재하나. 그런 삶을 사는 사람은 열아홉 살에는 반드시 수능 시험을 치르고, 스무 살에는 대학교에 꼭 입학하겠지. 다른 사람의 현재와 미래를 정확히 알 수는 없는 노릇이지만, 모호는 지레짐작하며 부러워했다.

어쩔 수 없었다. 모호는 아랫입술을 꽉 깨물었다. 건조한 입술 위의 각질처럼 얇고 빳빳한 질투심이 일었다. 그들처럼 살고 싶다. 어떤 불운이 있든 모호가 겪는 불행과는 체급부터 다를 것 같다. 이번 생에는 꿈도 못 꿀 삶을 그리며 티켓 창구로 걸어간 모호는 굳은 얼굴로 줄을 섰다. 이미 예매한 사람들이 서 있는 줄과, 초대권을 발부하는 줄이 나뉘어 있었다.

머리를 단정히 올려 묶은 직원에게 이름과 전화번호 뒷자리를 말한 모호는 티켓이 든 봉투를 손에 쥔 채 돌아섰다.

가슴이 쿵쾅거린다. 이제야 실감이 났다. 이건 꿈이 아니다.

대학으로 가는 거의 유일한 관문을 제 발로 걸어차고 나온 모호는 마지막 교시 시험을 치르고 집으로 돌아갈 시간에 공연을 보러 연주회관에 들어섰다. 꿈같은 현실을 체감하며 난방 덕분에 적당히 따뜻한 공연장 안을 신기하게 돌아보았다.

빙글빙글 돌면서 살짝 돌아 버릴 것 같다고 생각했다. 한 바퀴

돌면 360도. 처음과 마지막이 같은 상태가 되지만, 모호는 다른 사람의 몸을 빌린 것처럼 정신이 사나워졌다. 눈앞이 핑글 돌아 휘청거렸지만 넘어지지 않았다.

조금 어지러워하던 모호는 오늘 자신의 운을 믿어 보기로 했다. 휴대폰으로 당장 오늘의 별자리 운세 같은 걸 검색해 보고 싶었지만 참았다. 만약 그리 좋지 않은 흐름으로 운세가 풀이돼 있다면 금방 오늘의 행운이 사라질 것만 같았으므로.

모호는 긴장한 얼굴로 공연이 시작되기를 기다렸다. 조명이 꺼지기 전 안내 방송이 장내에 두 번 울려 퍼졌다.

휴대폰의 전원 끄기. 모든 형태의 촬영과 음식 섭취는 금지. 그런 관람 매너쯤은 진작 알고 있었지만 점점 더 긴장이 됐다. 혹시 모를 예의범절이 있으면 어쩌나 싶었다. 무지해서 민폐를 끼치고 싶지 않았다. 클래식 공연을 보러 온 사람의 마음가짐이나 몸가짐에 관하여 알려 주는 유튜브라도 따로 찾아볼까 했지만, 이미 늦고 말았다.

암전이 되듯 조명이 어두워졌다. 무대만은 대낮처럼 환했다. 어쩌면 낮보다 더.

앞쪽에 앉은 여자가 박수를 쳤다. 그 모습이 낯익다고 생각하며 모호는 무대로 눈길을 돌렸다. 살짝 굳은 피아니스트의 입매. 여유로운 미소를 짓고 있는 지휘자. 보면대와 지휘자를 번갈아 보며 악기를 든 오케스트라 단원들의 진지한 얼굴들.

어디선가 바람 소리가 들렸다. 바람 소리라고 생각했는데, 실은 피아니스트가 협연 전 숨을 깊이 들이마신 소리였다. 모호의 눈빛이 몽롱해졌다. 크기나 너비를 헤아릴 수 없는 놀라움은 공연장에 들어섰을 때 느꼈던 감정과는 달랐다.

공연이 시작됐다.

지루하고 구질구질한 일상이 잠깐 멈추고 오로지 무대 위의 세상이 펼쳐졌다. 낯선 그 세상이 직사각형의 무대를 넘어 모호에게까지 막힘없이 굴러왔다. 모호는 옆 사람에게 되도록 방해되지 않을 만큼 조심스러운 동작으로 목을 어루만졌다. 조금이라도 방심하면 탄식이 새어 나올 것 같았다.

꿈보다 더 꿈같은 시간 속으로 별안간 내던져진 기분에 모호는 조용히 비참해졌다. 머리부터 발끝까지 소름이 돋았다. 눈 깜빡할 사이에 찾아온 황홀감이 남의 것 같아 어쩔 줄 몰라 하며, 무대에 자리를 잡고 앉은 연주자들을 한 사람 한 사람 바라보았다. 무대와의 거리가 꽤 가까워서 피아니스트와 지휘자, 오케스트라 단원들의 표정이 제법 잘 보였다.

교복 위에 스웨터를 겹쳐 입고 왔는데도, 공연장 내부는 따뜻했는데도 소름이 돋았다. 살면서 어떤 행위에 이토록 매료된 적이 있던가. 어릴 때 억지로 피아노를 배웠던 기억까지 거슬러 올라간 모호는 집안 사정 때문에 금세 피아노 학원을 그만둬야 했던 날, 집에서 대하 사극 드라마에 나오는 신하처럼 바닥을 치며 통

곡했던 순간을 떠올렸다.

 뺨이 젖었다. 눈물이 흐르게 그냥 두었다. 닦아 내거나 감추고 싶지 않은 눈물이었다.

 피아니스트가 혼신의 힘을 다하여 만들어 내는 소리와, 그 흐름을 받쳐 주는 현악기와 타악기 소리가 모호의 귀청을 사정없이 울렸다. 이제 모호는 라흐마니노프의 피아노 협주곡을 들을 때마다 장송곡이라도 들은 듯 울어 버릴 자신을 예감했다. 오늘만큼 예감을 많이 한 하루는 결단코 없었다.

 1악장에서 시작된 감동이 2악장, 3악장으로 넘어갔다. 그리고 종장인 4악장의 마지막 마디.

 모두가 숨죽인 2초 남짓한 시간이 흐르고 나서, 박수 소리와 환호성이 쏟아졌다. 이제 한 곡을 마쳤을 뿐인데 피아니스트의 이마에는 벌써 땀방울이 맺혔다가 흐른 모양이었다. 첫 곡부터 기립박수를 쳐도 될까. 뒤늦게 눈물을 닦아 낸 모호는 손바닥이 아플 만큼 손뼉을 치며 소리 없이 브라보, 하고 속삭였다.

 한 차례 파도가 휩쓸고 지나간 기분에 넋이 나가 있을 때 다음 곡이 시작되었다. 무턱대고 공연을 예매한 일은 올해 가장 잘한 일 중에 하나가 되었다.

 수능 시험을 치르지 않았다는 죄책감의 부유물을 있는 대로 건져 낼 수 있었다. 취업의 부담감을 절반쯤 떨칠 수 있었다. 갈수록 가세가 기울어 예전 같지 않은 집안 분위기의 쿰쿰함을, 어깨에 묻은 먼지를 털듯 조금이나마 털어 낼 수 있었다.

오케스트라의 현악기 선율이 먼저 곡을 이끌고 가던 바로 그 순간.

"어머."

앞좌석 쪽에서 한 여자가 탄성을 내질렀다. 조그만 탄식과 웃음소리가 커져 가는 중에 악기 소리는 서서히 잦아들었다.

뭐야. 무슨 일이야. 뭔데. 누가 떠드는 거야. 여러 가지 의문 섞인 말이 객석에서 튀어나왔다. 두리번거리는 관중들 사이에서 웅성거림이 멎지 않았다. 그러더니 무대 위로 갑자기 웃음소리가 쏟아졌다.

"저기, 고양이잖아!"

한 목소리가 무대 위의 소란함을 설명하자마자 객석이 다시 술렁거렸다.

보면대와 연주자들의 발치 아래로 조그만 무언가가 요리조리 돌아다니고 있었다. 지휘봉을 든 지휘자가 객석 쪽을 바라보며 놀랍다는 듯 두 손을 들어 보이고 웃었다.

중단된 연주를 이어 가듯 검정 바탕에 새하얀 배를 가진 고양이가 걸어간다. 높이 솟은 꼬리. 당당하고도 사뿐한 걸음걸이. 정면을 보다가도 여유롭게 좌중을 둘러보는 눈길. 3층 객석까지 들리는 야옹, 하는 우아한 목소리. 노래를 부르는 것 같았다.

"턱시도다!"

저 애야말로 있어야 할 곳에 제대로 있는 거 아닌가. 우연히도 연주회장에 맞춤한 무늬를 가진 고양이의 이름으로는 신사 또는 숙녀가 어울릴 것 같았다.

"어디서 들어온 거지?"

젊은 여자가 웃음기를 머금고 속삭였다. 모호는 그의 말에 동의하듯 조용히 키득거렸다.

"고양이가 알 낳을 노릇이네."

정말 이상하고 멋진 일이 생겼다. 살면서 처음 겪는 일, 어쩌면 다시는 경험할 수 없는 작은 이벤트이기도 했다. 이건 무슨 징조일지 궁금해졌다.

저기 무대 위를 가로지르는 고양이를 봐. 무대 저편으로 아슬랑아슬랑 걸어가는 고양이 좀 봐. 웃음소리가 관객석마다 흘렀다.

갑자기 시작된 고양이의 무대는 아트홀 매니저의 등장과 지휘자의 쇼맨십으로 유쾌하게 끝났다. 매니저의 품에 안겨 대기실로 향하는 고양이의 옆모습은 끝내주는 무대를 마친 연주자처럼 보였다. 어느 한 사람을 위한 연주 같아서 모호는 또 울음이 작게 터져 나왔다. 옆 사람이 모호에게 손수건을 건네주었다.

짙은 보라색 손수건에 놀란 모호의 두 눈이 휘둥그레졌다.

손수건을 가지고 다니는 사람이라니. 너무 멋있어.

그런 생각을 하는데 떠오르는 사람이 있어서 조금 더 울고 말았다.

🐾

처음으로 손수건을 건네준 사람. 담임에게 모호는 말했었다.
"이렇게 어른이 돼도 괜찮을까요?"
지난여름 에어컨을 끄고 창문을 열어 둔 교무실에서 구원희 선생님은 양치질을 하러 가려고 칫솔과 치약을 챙기고 있었다.
막간을 이용한 상담 시간이 점차 모호의 심심풀이 시간으로 변질되기까지는 오래 걸리지 않았다. 다른 반 아이들에게조차 인기가 많은 담임은 쉬는 시간에도 바빴고, 그의 관심을 오롯이 차지하려면 야간 자율 학습 시간에 자진해서 교실에 남았다가 살그머니 교무실에 가면 됐다.
아무런 준비 없이 일부터 해도 될까요. 대학교 진학이라는, 다들 으레 정석대로 걷는 길을 가지 않아도 괜찮을까요.
그런 복잡한 심경이 쌓이고 쌓여 튀어나온 질문이었다.
평소 같지 않게 약간 풀이 죽은 모호를 슬쩍 본 구원희 선생님은 치실까지 야무지게 챙기며 말했다.
"그렇게 어른이 된 나를 봐라."
발치를 내려다보고 있던 모호는 고개를 들었다.
그렇게 어른이 된 담임은 위대하다. 비록 고등학교에서 고생깨나 하며 살고 있지만. 모범생부터 불량아까지 말 안 듣는 질풍노도 시기의 고등학생들 때문에 목이 쉴 때가 많지만.

모호는 금방 마음이 들떴다. 저렇게 어른이 된 사람이 있으니 안심해도 될 것이다. 담임은, 구원희 선생님은 본보기로 삼을 만큼 멋진 사람이니까. 모호가 홀라당 넘어가 기대고 있는 유일한 어른이니까.

"제가 귀찮지 않으세요?"

"귀찮아."

아마도 그 말은 농담 반 진담 반. 하지만 구원희 선생님이 건넨 말이어서 조금도 속상하지 않았다.

"근데 왜 이렇게 잘해 주세요?"

"전에 말했잖아. 옛날 생각이 나서 그렇다고."

"스승의 날 때마다 찾아뵐게요. 꽃 들고, 편지 써서."

"그러지 마라. 너 그러지 마."

질색한 구원희 선생님이 머그 컵을 쥔 손을 내저으며 눈썹을 찡그렸다. 그 얼굴을 보면서도 모호는 서운하지 않았다.

"차라리 너도 다음에 너 같은 애 만나면 잘해 줘. 잘 챙겨 줘. 얘기 들어 주고 같이 있어 줘."

그게 은혜를 갚는 거라며 구원희 선생님이, 시간이 흘러도 영원히 곰순이로 남을 담임이 미소 지었다.

아마 그때부터였는지도 모른다. 모호 몫의 행운이 시작된 건. 모호가 품고 있는 행운의 씨앗이 조금씩 물기를 머금고 햇볕을 쬐며 싹을 틔운 건.

오늘 하루 마주친 모든 징조가 모호에게 말하고 있었다.
너는 진즉에 괜찮았어.

마지막 연주가 끝나자 밤이었다. 모호는 낯선 도시의 밤길을 천천히 걸었다.

모호 같은, 모호와 닮은, 모호 자신이 생각나는 아이. 그런 애가 눈에 띄면 누군가처럼 귀찮아하면서도 끝까지 얘기를 들어 주고 싶다고 생각하면서 걷는 모호의 입가에 작은 웃음이 걸렸다. 마음 내킬 때마다 부르거나 연락해서 외로울 틈을 주지 않을 것이다. 곁을 허락해 준다면. 내밀었던 빈 의자에 기다렸다는 듯 털썩 앉거나, 잠깐 손짓하여 부른 곳까지 쭈뼛거리면서도 다가와 서는 아이라면. 할 말이 많은 듯한 눈을 깜빡여 준다면, 모호 역시 그 두 눈과 눈길을 맞추고 시간을 선뜻 내어 줄 준비가 되어 있다.

그러고 나서 먼 훗날의 얘기겠지만, 고마움을 표현하려 하면 이렇게 말할 것이다.

너도 다음에 너 같은 애 만나면 잘해 줘. 잘 챙겨 줘.

얘기를 들어 주고 옆에 같이 있어 줘.

거기에다 덧붙일 것이다. 달리 은혜를 갚을 필요는 없고 다만 길에 사는 고양이와 마주치면 잠깐 눈인사를 해 달라고. 눈인사를 주고받으며 사진을 한 장 찍어 보내 달라고. 여러 장이어도 좋은데 고양이의 시간을 방해하지는 말라고, 그것으로 충분하니 다른 방식으로 보답하지 않아도 된다고 말할 것이다.

모호는 휴대폰의 문자 창을 열었다.

답장을 보내지 않은 메시지가 여러 통 쌓여 있었다. 그중에 몇 개는 엄마와 아빠로부터 온 거였다. 언니 시험 잘 봐요! 어릴 때부터 알고 지낸 두 살 어린 후배로부터 온 문자도 있었다.

뭐라고 답장하면 좋을까. 망설이던 모호는 머릿속으로 단 한 사람을 떠올리며 차례대로 답장을 입력했다.

걱정 마세요. 이제 집에 갈 거예요.

이따 집에서 봐요.

고마워, 연우야.

그리고······.

모호는 키패드 위를 엄지로 괜히 문질렀다.

고맙습니다, 선생님♡

너무 늦은 답장이 아니기를 바라며 모호는 버스 정류장으로 걸어갔다. 날이 저물어 바람이 더욱 차가워졌다.

춥다 추워, 중얼거리면서 모호는 걸음을 재촉했다. 그러면서 휴대폰 화면을 확인하곤 도로 주머니에 넣길 여러 번. 아직 담임으로부터 온 문자는 없다. 온종일 걱정을 끼친 학생이 난데없이 보낸 하트 이모티콘 때문에 당황하고 있을지도 모른다.

혼내시면, 혼나야지. 혼날 만한 일탈은 아니라고 생각하지만, 어른의 입장은 다를 테니까. 하지만 역시 조금만 혼났으면 좋겠다고 생각하며 모호는 피식 웃었다.

아주 느린 속도로 자신감이 차올랐다. 그리고 벌써 그리워졌다. 졸업 이전의 날들이. 그러니까, 구원희 선생님과 교무실에 마주 앉아 조그만 목소리로 이야기를 나눴던 방과 후 시간이. 주변에 앉은 다른 선생님들이나 교무실에 용건이 있어 들른 학생들에게는 잘 들리지 않을 만큼의 목소리로 나눈 바보 같고 솔직한 이야기들이.

여전히 바람이 불어 춥고, 추우면서 외롭고, 외로우면서 화가 치밀어 오르고, 화나는 것보다 더 슬프지만 괜찮았다. 아무런 근거 없이, 의심 없이 괜찮아질 것 같았다. 오늘보다 내일 더. 해가 바뀌어 어른이 되어도 살 만할 것 같다. 부풀었다가 금방 폭삭 주저앉을 기분일지라도 몽땅 누리고 싶다.

오늘만큼은, 적어도 남은 한 주 동안은 무대 위를 누볐던 턱시도 고양이처럼 살아 볼 테다. 내 자리 같지 않은 곳에서 내 자리인 양 엉뚱하게 즐기면서, 고양이가 된 듯이. 그러면 사는 게 어쩔 수 없이 조금씩 재밌어질 테고, 만일 그렇게 흘러가지 않더라도 오늘 하루를 떠올리면 고양이 발톱만큼이라도 힘이 날지도 모른다.

멀리서 딸기가 올라간 생크림케이크 모양의 간판이 반짝였다. 모호는 저기다, 하고 중얼거렸다. 소소하지만 행운이 넘실거렸던 하루의 끝을 장식하기에 딱 좋은 곳이었다.

생크림케이크 한 조각을 사 먹을 것이다. 유리 진열대 안에 또 다른 디저트가 있다면 망설이지 않고 고를 것이다. 몽블랑이 있으면 좋겠다고 생각하며 걷는 걸음걸이에 좀 더 속도가 붙었다.

거의 달리기 시작한 모호는 애매모호하지 않을 미래를 상상했다. 무겁게만 느껴졌던 수능 시험 날을 기점으로 삶이 재밌어지고 있었다. 태어나서 처음으로 내일이 기대됐다. 그러니까 오늘이 바로 모호의 터닝 포인트였다.

코트를 입은 사람. 패딩 점퍼를 입고 목 끝까지 지퍼를 올린 사람. 목도리를 두른 사람. 롱부츠를 신은 사람. 굽이 낮은 유명 스포츠 브랜드의 운동화를 신은 사람. 외투 없이 정장만 입고도 추워 보이지 않는 사람. 아이와 손을 잡고 있는 사람. 집회 관련 팻말을 들고 관심을 호소하는 사람. 그에게 귀를 기울이고 오래 바라보는 사람. 그들 사이에서 달리는 모호의 머리 위로 달이 환했다.

가방 앞주머니 지퍼에 걸어 둔 턱시도 고양이 키링이 짤그락 소리를 내며 흔들렸다. 가장 귀엽고 단단한 행운이 모호의 등 뒤를 지켜 주었다.

에필로그

　모든 이야기를 어둠 속에서 경청한 그는 가만히 침묵을 주시했다. 밀짚을 엮어 만든 빳빳하고 납작한 모자 아래에서 그의 머리카락 끝이 고양이의 수염인 양 조금 흔들렸다. 홀가분함과 후련함, 모종의 슬픔을 몰아서 한 차례에 감지한 터다.
　죽음을 유예하는 건 그의 마지막 배려였다. 그도 한때 고양이였으므로 이제 막 아홉 번째 목숨의 길이와 두께, 크기 따위가 닳아 사라지는 아쉬움을 알았다. 아무 말 없이 잠잠히 있는 고양이들은 아무래도 깊은 생각에 잠긴 듯 보였다. 그는 입맛을 쩝 다셨다. 단맛이 느껴진다.
　카오스와 치즈와 턱시도는 같은 박자로 꼬리를 흔들면서 서로를 보다가 각자 앞발을 핥으며 진정하는 시간을 가졌다. 말랑한 저 앞발을 잡아 주고 싶지만 그래서는 안 됐다. 아홉 번의 생애 중에서 가장 빛나지는 않더라도 마음속에 새겨진 어느 하루, 특정한 순간에 대해 말하는 게 몹시 즐거운 일이라는 것을 그는 누구보다 잘 알았다. 아무리 죽음과 가까운 편에 서 있어도 변치 않을 기쁨이므로 그는 조금 더 기다려 주기로 결정했다.

즐거운 고양이 세 마리는 각자 앉거나 뒷다리를 쭉 뻗고 스트레칭을 하거나 배를 깔고 움츠려 앉아 만족스러운 듯 그릉거렸다. 추억에 잠긴 턱시도는 제 몸을 공들여 핥기 시작했는데, 셋 중에 가장 먼저 북받친 마음을 정리한 카오스가 고개를 돌려 그가 있는 곳을 바라보았다. 입을 벌렸다가 다무는 작은 입매에서 어떤 결심을 읽은 그는 그림자 밖으로 한 발 걸어 나갔다. 카오스가 지나온 과거가 작은 머릿속을 휘돌고 그에게로 건너왔다.

어느 연립 주택 골목에 있는 분리수거장. 음식물쓰레기 봉투와 버려진 원목 의자, 침대 프레임, 누군가 격렬히 속을 게워 낸 흔적 옆에 아슬아슬하게 놓인 커다란 호랑이 인형 하나. 그 인형을 그냥 지나치지 못하고 잠깐 엉덩이를 붙이고 앉아 있던 어느 새벽. 그날 호랑이 인형의 털이 얼마나 복슬복슬했는지 말하고 싶어 하는 카오스를 짐작하며 그는 조금 웃었다.

그러고는 조용히 눈짓을 했다.

"준비됐어?"

그의 부름을 읽은 카오스가 먼저 말문을 열었다. 치즈와 턱시도는 정자세로 앉았다. 적막한 밤의 분위기를 살피는 동안 멀리서 자동차 경적 소리가 울려 퍼졌다.

"왔나?"

치즈가 씩씩하게 물으며 그를 찾아 두리번거렸다.

"저기 왔네."

조금 전부터 그와 눈을 마주친 턱시도가 말했다.

"시간이 다 됐어."

하늘을 올려다본 카오스는 달과 구름이 흘러간 자리를 보고는 꾸릉, 목을 울렸다. 각자가 가진 무궁무진한 이야기는 이제 마지막 가는 길에 챙겨야 하는 가볍고도 무거운 짐이 됐다. 누구에게도 대신 들어 달라 할 수 없고, 여기 이곳에 두고 갈 수도 없었다. 심지어 그조차 넘겨받아 지니고 다닐 수 없는 이야기들이었다.

그는 쓰고 있던 밀짚모자를 벗어 새삼스러운 눈으로 요모조모 들여다보았다. 오래 쓰고 다녀 헤졌으나 여전히 크고 둥근 양태를 유지하고 있다. 이 모자를 쓰고 지켜봐 온 아홉 번째 불씨가 일제히 꺼져 간다. 그에 대해 경의와 조의를 표하고자 모자를 쥔 손을 왼쪽 가슴에 댔다.

그의 구역에서 눈도 못 뜨고 태어나 울던 이들 셋을 잘 이끌었다고 자부할 수 있는가. 그들의 처음부터 마지막까지 살뜰히 보살폈던가. 셀 수 없이 골몰해 온 질문 앞에서 그는 숙연해졌다.

"우릴 누가 기억할까?"

그의 기척에 털을 바짝 세운 치즈가 물었다.

"아무도."

아무도 기억하지 않을 거라고 힘주어 대답한 건 턱시도였다. 턱시도는 확신했다. 슬프지 않다고도 말했다. 그러면서 덧붙인 말은, 무대 위를 걷는 것처럼 떠나자는 제안이었다.

"아니면 야구장을 질주했던 회색 고양이처럼 뛰어가자."

"너도 그 녀석도 참 대단해."

카오스의 칭찬에 마지막으로 우쭐해진 턱시도는 당당히 고맙다고 말했다. 수백 수천 명의 인간 앞에 나서는 건 아무리 뽐내길 좋아하는 고양이여도 쉬운 일이 아니다.

간간이 이어지는 대화를 들으며 그는 한시름 놓았다. 이제껏 배웅한 고양이들 중에 가장 유쾌한 녀석들이로고, 그렇게 생각하면서 밀짚모자를 쥔 손을 흔들어 바람을 일으켰다. 이쪽에서 일으킨 바람이 고양이 세 마리의 털끝을 쓰다듬듯 훑고는 저쪽으로 날아간다.

다시 정적이 내려앉은 놀이터에는 숨소리 하나 들리지 않았다.

"카샤카샤 붕붕."

치즈가 어김없이 좋아하는 것에 대해 말했다.

"강아지풀, 비닐봉지, 머리끈, 리본, 키보드, 보리싹과 귀리싹과 긴 풀들."

턱시도가 줄줄이 말을 이었고,

"종이상자, 폭신폭신한 새 이불……. 가 볼까?"

카오스가 앞발을 들었다 땅을 디디며 말했다.

드디어, 하고 중얼거린 그는 그들이 몸소 다가오기를 기다렸다. 그러는 동안 아까부터 그들 주변에서 기웃거리는 어린 고양이까지 살피느라 다소 분주해졌다. 저기 화단 뒤편에서 그들이 떠나기를 엿보고 있는 어린 고양이의 참을성이 바닥나기 직전이라는 것을 알아차린 그는 웃음을 삼켰다.

카오스와 치즈, 턱시도는 나란히 걸음을 뗐다. 아직 꾸고 싶은 꿈이 남은 그들이 동시에 한 방향으로 걸어갔다. 단 한 번도 머뭇거리지 않고 깊은 그림자 속으로.

희미한 빛의 경계에 멈춰 서서 셋은 뒤쪽을 향해 귀를 납작하게 눕혔다. 가까이 숨어 있는 어린 고양이에게 당부하고 싶어진 그들은 마지막까지 시시껄렁한 이야기를 나누기로 작정한 모양인지 느적느적 수다를 떨기 시작했다.

"고양이는 때와 장소와 사람을 가려 발톱을 세울 줄 알아야 하지."

카오스가 말했다.

"호기심은 우리를 죽이지만, 살리기도 하잖아. 상냥한 인간을 알아보는 법도 배워야 하고."

치즈가 늠름한 목소리로 말을 이었다. 그다음은 턱시도의 차례였는데, 이 구역을 넘겨받아 누빌 예정인 어린 고양이에게 무슨 말을 남기는 게 좋을까 고민하던 턱시도가 한참 지나서 입을 뗐다.

"가끔 무대에 올라가도록 해. 가능하면 잡히지 않도록 뛰어다녀. 모두가 너를 보며 박수를 칠 테니까. 환호할 테니까."

이 밖에도 많은 말들이 이어졌는데, 그건 누가 들어도 상관없을 말이었다.

가령 이런 말들. 현명한 고양이는 생선 가게보다 편의점 앞을 기웃거린다. 고양이의 마음은 고양이만 알고 한낱 인간은 모른다. 대형견이나 너구리보다 무시무시한 건 알코올 냄새를 풍기는 인간이다. 인간이 책을 읽는 동안 고양이는 인간을 읽는다. 먼저 산 고양이는 그의 구역에 홀연히 나타난 어린 고양이를 반드시 돌봐줘야 한다. 고양이는 예감하고 고양이의 예감은 거의 틀리지 않는다. 앞발로 허공이나 부드러운 천 따위를 누르며 넘겨짚는 앞날은 정말 미래로 다가온다…… 같은 고양이들 사이에서 전해져 내려오는 말들이 한동안 놀이터 부근을 울긋불긋하게 만들었다. 어두워서 분간하기 어려운 아름다움이었다.

카오스와 치즈와 턱시도가 남긴 모든 말은 허공에서 형체 없이 흩어졌지만 이름 모를 고양이의 귓바퀴를 타고 흐르다가 그의 가슴에 안착했다. 카오스의 무늬로, 노란 치즈 무늬로, 하얗고 검은 턱시도 무늬로.

"아쉽군."

카오스가 하품하며 말했다.

"벌써 그리워."

마음 급한 치즈가 콧방울을 벌름거렸고,
"끝이 왔어."
좌우를 살피며 턱시도가 말했다.
셋이 그의 발치로 다가왔다. 그의 눈인사를 받은 고양이들이 목을 울리며 인사했다. 묻지 않아도 작은 머릿속이 무엇으로 채워졌는지 전부 보였다.
그는 혹시 모를 미련과 슬픔을 깨트리려고 손뼉을 쳤다.
"수고했다."
아홉 번을 사는 고양이를 도맡아 보살피고 다스리는 신이자, 한때 고양이의 몸으로 태어나 고양이의 몸으로 죽었던 친구. 어느 한 시기를 가까이에서 지내 온 그는 말하자면 죽음이라는 길잡이이기도 했는데, 셋은 이제 그를 무서워하지 않았다.
그를 달리 부를 호칭이 없는 카오스와 치즈와 턱시도는 "어이." 하고 반가워했다.
일일이 열거할 수 없는 노고를 알아주는 이가 있다는 건 얼마나 기쁜 일인가. 살아 있는 것 자체로 기특하다고 여겨 주는 동료가 존재한다는 건 아무나 누릴 수 없는 행운일 테고, 그것이 좋아서 카오스와 치즈와 턱시도는 한꺼번에 웃었다. 그는 조그만 미소를 눈에 담으며 마주 웃어 보였다.
"잘 가렴. 수다쟁이들."
"안녕."

카오스가 먼저 사라졌다.

"안녕."

다음은 치즈.

"안녕. 저 푸른 초원 위에에."

마지막으로 턱시도가 좋아하는 노래 한 소절을 부르면서 자취를 감췄다.

"그래그래, 다들 무지개다리 너머, 저 푸른 초원 위의 그림 같은 집에서 만나거라."

명복을 세 번 빈 그의 입가에 뿌듯한 미소가 걸렸다. 그는 슬쩍 돌아서서 어둠 저편을 응시했다.

"얘, 이제 네 세상이다."

그가 웃으며 사라진 그곳에는 가로등 불빛과 멀리서 비쳐 오는 달빛만 가닿았다.

얼마 지나지 않아 조그만 그림자가 기울었다. 하얀 바탕에 검정과 회색 줄무늬 옷을 입은 어린 고양이 한 마리였다. 먼저 와서 살던 고양이 세 마리가 떠나는 모습을 끝까지 지켜본 그의 이름은 고등어. 앤드류. 고양이. 곤희. 영웅이. 이쁜이. 윙크. 용용이······. 이번 생에 벌써 여덟 개의 이름과 별명을 갖게 된 그는 새로이 머물 곳이 썩 마음에 들었다.

이곳에서 살 것이다. 바로 지금 이 순간부터. 터줏대감이 사라진 구역에는 새로운 주인이 필요하므로.

고등어는 태연하게 앞발로 입가를 핥으며 앞으로 살아갈 주변을 느긋하게 살폈다. 네 번째 삶을 산 지 얼마 안 된 그의 앳된 울음소리가 밤공기를 가르며 나아갔다. 아침이 밝아 오는 것을 느끼며 고등어는 후일을 미리 느꼈다. 이번 생도 쉽지 않겠다고. 하지만 그만큼 재밌을 거라고. 골목 담벼락 위에 앉아 온갖 희로애락을 지켜보면서 다섯 번의 삶을 더 산 후 토복토복 떠날 터다.

그때가 되면 고등어는 그 무렵 그와 얼굴을 터놓고 살게 될 어리거나 늙은 고양이에게 새나 쥐, 두더쥐, 심지어 사람을 잡아다 주며 말할 생각이었다.

내 이름은 고등어. 너에게 여길 맡기고 떠나려고 해. 그 전에 긴 얘기를 들려주마.

그건 만고의 진리이자, 아직 오지 않은 미래.

아홉 번째 삶을 살아가는 고양이는 모르는 게 없고, 앎을 딛고 걷는 고양이는 운명 같은 앞날을 내다보며 언제든 이야기를 나눌 준비가 되어 있다. 반드시 오고야 마는 미래의 어느 밤이 고양이의 걸음으로 우다다다 뛰어오고 있다. 고등어의 귀가 힘차게 쫑긋거렸다.

작
가
의
말

  고양이가 전면에 등장하는 이야기를 쓰고 싶다고 늘 생각했습니다. 고양이 수염을 모으듯 한참 간직해 온 마음을 풀어 쓰고 나면 도리어 힘을 얻게 되는 것 같습니다. 유난히 덥고 괴로운 계절을 보내는 동안 카오스와 치즈, 턱시도로부터 큰 힘을 받았는데, 외로워도 슬퍼도 이 힘을 끌어다 계속 쓰고 싶습니다.
  한 권의 책에 들어가는 수많은 노고를 떠올릴 때마다 언제나 은혜를 갚아야겠다고 생각합니다. 이야기의 시작부터 끝까지 세심히 살펴 주신 김도연, 김준성 편집자님과, 『카오스, 치즈, 턱시도』의 사랑스러운 첫인상을 그려 주신 은돌이 작가님께 감사 인사를 드립니다. 하나의 이야기에도 고양이처럼 여러 개의 목숨이 있다고 믿고 싶습니다. 『카오스, 치즈, 턱시도』가 막 태어난 지금, 부디 또 다른 연우와 승길, 정원, 모호를 만나 잘 살아가기를 바랍니다.

그리고 치치에게.

나의 따뜻한 누름돌. 동생이자 언니, 오빠, 스승 그리고 친구가 되어 주는 고양이야. 겁이 많아도 용기를 내야 할 때 스스럼없이 용감한 너를 존경해. 잠들지 못하고 뒤척이는 새벽마다 배 위에 올라와 불안을 눌러 주는 너의 무게를 사랑해. 내 목숨의 일부를 떼어 주고 싶어. 영원한 소원이야.

2025년 가을
이필원

창비청소년문학 141
카오스, 치즈, 턱시도

초판 1쇄 발행 | 2025년 10월 24일

지은이 | 이필원
펴낸이 | 염종선
책임편집 | 김도연
조판 | 박아경
펴낸곳 | (주)창비
등록 | 1986년 8월 5일 제85호
주소 | 10881 경기도 파주시 회동길 184
전화 | 031-955-3333
팩스 | 영업 031-955-3399 편집 031-955-3400
홈페이지 | www.changbi.com
전자우편 | ya@changbi.com

ⓒ 이필원 2025
ISBN 978-89-364-5741-9 43810

* 이 책 내용의 전부 또는 일부를 재사용하려면
  반드시 저작권자와 창비 양측의 동의를 받아야 합니다.
* 책값은 뒤표지에 표시되어 있습니다.